Cesar Alcázar

Aos que Habitam a Escuridão e Outras Histórias

AVEC Editora

1ª Edição
2020

Publisher **Artur Vecchi**
Revisão **Gabriella Coiradas**
Projeto Gráfico e Diagramação **Luciana Minuzzi**
Colagens **Luciana Minuzzi com imagens base de British Library, Pixabay (Lars_Nissen, oudeopa, Free-Photos, ekaterinvor) e Freepik (kstudio, pressfoto, macrovector)**

A 349
Alcázar, Cesar
Aos que habitam a escuridão e outras histórias / Cesar Alcázar. – Porto Alegre : Avec, 2020.

ISBN 978-65-86099-40-09

1. Contos brasileiros I. Título
CDD 869.93

Índice para catálogo sistemático:
1. Contos: Literatura brasileira 869.93

Ficha catalográfica elaborada por Ana Lucia Merege CRB-7 4667

1ª edição, 2020
Impresso no Brasil / Printed in Brazil

AVEC
EDITORA

Caixa postal 7501
CEP 90430 - 970
Porto Alegre - RS
www.aveceditora.com.br
contato@aveceditora.com.br
@aveceditora

Sumário

Para meu amigo Duda Falcão

Segredos

Agora consigo lembrar com clareza dos anos sombrios passados na casa da Calle San Martín. São inúmeras as memórias sufocadas dentro de minha mente por todo esse tempo. A mordaça psicológica que me calava desapareceu enfim. Sinto como se apenas hoje recebesse de volta um pedaço de mim que havia sido roubado.

Miserere mei, Deus. "Misericórdia de mim, Deus!", dizia a empregada Juanita todas as manhãs, quando chegava para trabalhar na casa em que eu vivia com meus pais. Naqueles dias, eu não tinha ideia do significado das palavras da velha senhora. Quando li o jornal esta manhã, pude então compreender. Ela sabia o que acontecia no casarão opressivo de três andares, construído em fins do século XIX.

Enquanto o país mergulhava na noite mais longa e escura de sua história, vivi minhas próprias trevas. O pesadelo durou dos meus oito até os catorze anos de idade, mais precisamente de 1976 a 1982. Antes disso, minhas memórias são as de um menino normal e feliz, embora houvesse certa sensação de estranhamento, sobretudo devido à cicatriz que atravessa o lado direito de meu corpo da cintura até o ombro, da qual jamais me foi falada a origem. Hoje tenho certeza do que se trata.

Como quase toda criança, eu tinha medo do escuro. No entanto, o medo não era infundado. Sempre tive a impressão de ser observado através das frestas na madeira, além de ouvir passos débeis e até mesmos suspiros no sótão acima do quarto quando anoitecia, o que me apavorava.

Sempre fui muito solitário. Encontrei a amizade apenas em Ana, filha de Francesca, uma empregada que morava conosco. Eu não podia ter amigos fora de casa por causa do trabalho de meu pai. "Alguém poderia usar você para chegar até ele", lembro de ouvir minha mãe falar.

A situação ficou pior quando completei oito anos de idade. Se antes havia apenas o sentimento de algo estranho no ar, agora o medo era palpável. Podia ter certeza de que alguma coisa vivia no sótão e entre as paredes da casa. Minha imaginação infantil concebia um monstro horrendo e sedento de sangue prestes a saltar da parede para me pegar.

"São essas porcarias que você assiste! Devíamos proibi-los todos!", foi a explicação de meu pai.

Os filmes de terror não tiveram sua proibição decretada nos cinemas, o veto atingiu apenas a mim. Além disso, acordei certa manhã e notei que todas as minhas *historietas* do Eternauta, Sargento Kirk e Guerra dos Antartes haviam desaparecido. Só muito mais tarde na vida percebi que foram tantos os desaparecimentos daqueles dias.

Nesta mesma época, meus pais começaram a brigar com frequência. Entre tantos gritos, eu conseguia entender meu pai dizendo "... o seu filho..." diversas vezes. Após cada discussão, ele subia ao sótão e ficava gritando sozinho por horas. Era possível ouvi-lo batendo os pés com raiva no piso de madeira.

Certo dia, esperei que ele descesse e pedi para que nunca mais subisse até lá, por causa do monstro. Levei a maior surra de minha vida. Depois, me levaram a um psicólogo, numa tentativa de me fazer esquecer o que chamavam de "fantasias doentias".

Mesmo assim, continuei a vivenciar a atmosfera de medo em Calle San Martín. Entretanto, os primeiros anos de adolescência me trouxeram um pouco de paz. Fiquei cada vez mais ligado a Ana, por quem me apaixonei. Passávamos o dia inteiro juntos. Como meus pais gostavam muito de Francesca, Ana teve a oportunidade de frequentar a mesma escola que eu, diminuindo meu isolamento.

Esta idade, é óbvio, não passa incólume de incidentes. No meu caso foi pior, muito pior. O fato selador de meu destino como um homem sem memória aconteceu no dia seguinte ao meu aniversário de catorze anos.

Ana estava comigo no pátio de casa. Todos os dias, ficávamos conversando no pequeno coreto até o fim da tarde. Neste dia em particular, meus pais haviam saído para um baile dos militares. Aproveitamos a ocasião e entramos noite adentro, fazendo companhia um ao outro. Então, depois de tomar coragem, revelei a Ana sobre meus medos de outrora, sobre a criatura no sótão.

Ela riu sem parar durante um bom tempo. Confesso que senti vergonha por parecer tão medroso. Tão logo parou de rir, a expressão de Ana mudou. Lembro agora exatamente o que ela disse em seguida: "às vezes, minha mãe também sente coisas estranhas, como se estivesse sendo observada...". Ana sorriu outra vez e continuou: "Já sei! Vamos subir no sótão!".

Quando ouvi essas palavras, senti um frio na espinha. Ana, sem titubear, pegou minha mão e me levou para o terceiro andar. Apanhamos uma cadeira e a colocamos abaixo da portinhola, assim consegui puxar o cordão que fazia a escada do sótão descer. O cheiro de mofo e podridão penetrou nossas narinas.

Com o aparato armado, ela fez questão de ir à frente. Queria demonstrar mais coragem do que eu. Tão logo se aproximou do alçapão, vimos um movimento no escuro. Ana não recuou. Acendeu um fósforo e estendeu o braço para iluminar o caminho. Então, aconteceu.

A coisa agarrou o braço da menina e tentou puxá-la para dentro do sótão. Segurei-a com força, mas não o suficiente, pois ela estava sendo tragada pela escuridão. Por sorte, Francesca ouviu os gritos e correu ao nosso socorro. A mulher conseguiu resgatar sua filha e, com uma rapidez incrível, fechou a porta do sótão. Não conseguimos ver a criatura.

Logo Juanita apareceu. Seu rosto, uma máscara de condenação. Enquanto ela ajudava a cuidar dos ferimentos de Ana, arranhões enormes e profundos nos braços e no pescoço, nos reprovava com veemência por termos feito o que não devíamos. Francesca questionou a velha sobre o sótão. Juanita apenas respondeu: "Isso só diz respeito ao *Señor* Rivera!".

Meus pais chegaram e nos encontraram reunidos na sala. Imaginei que haveria uma grande discussão, no entanto, isso não ocorreu. Meu pai pediu para conversar em particular com Juanita e Francesca. Ele não parecia abalado, e sim frio como de costume. Mais ou menos uma hora deve ter se passado até que ele retornasse com as duas mulheres. Francesca levou a filha da sala, e fiquei lá sozinho com os três remanescentes. A frase que ouvi a seguir retumba neste instante dentro da minha cabeça: "Essa foi a gota d'água!".

Acusaram-me de ter machucado Ana. Nunca tive a chance de falar com ela sobre o acontecido. Na manhã posterior, Ana e Francesca foram embora da Calle San Martín. Ganharam muito dinheiro para permanecerem caladas, é bastante provável. À noite, chegou minha vez de partir. Enviaram-me para uma instituição psiquiátrica, devido a supostas alucinações e comportamento violento.

Foram dois longos anos de terapias, choques e medicação pesada, até tudo o que aconteceu se tornar um vazio em minha mente. Voltei para casa como um morto-vivo.

Um ano depois, em 1985, após a queda do regime, precipitado por uma guerra perdida, meu pai foi preso e condenado. Ele cometeu suicídio na primeira semana de prisão. Minha mãe faleceu pouco tempo depois. De Juanita, Francesca e Ana nunca mais tive notícias, e se tivesse, de nada adiantaria, pois não me lembrava delas. Parecia que o segredo de Calle San Martín estava enterrado para sempre em minha memória.

Segredos como esse não podem persistir. Devemos fazer o possível para resgatar os horrores de nossos passados, por mais que venha a doer. Enfim, tenho a minha oportunidade de reviver o passado, pois todos os fatos narrados aqui ressurgiram em um turbilhão de memórias quando o horror bateu à minha porta junto com o jornal, hoje pela manhã. Uma ossada "quase humana" havia sido encontrada no sótão da velha casa em Calle San Martín. Meu irmão.

O Barqueiro

Era o barqueiro no rio do infortúnio. Não entendia muito bem sua função, apenas a executava. Recebia moedas que não podia gastar, pois nada existia para ele além do barco e das águas sombrias. A existência prosseguia sem grandes acontecimentos, e o tempo nada significava. Havia apenas um problema: o sonho.

Passageiros chegavam, rostos entristecidos tão nebulosos quanto o céu escuro imutável, estendiam suas mãos com o pagamento incompreensível e partiam para o outro lado. Nunca mais os via. Bem, quase nunca. Alguns retornavam. E com eles vinha o sonho.

Certa vez, um homem magnífico, que em nada se assemelhava aos passageiros melancólicos habituais, retornou. Trazia em suas costas uma besta terrível e estava acompanhado por uma bela mulher. As faces do casal irradiavam uma sensação desconhecida. Porém, o barqueiro limitou-se a estender a mão ossuda para coletar a moeda de pagamento.

Quem seriam aqueles homens? Heróis? Aventureiros? Deuses? O barqueiro sentia uma enorme vontade de falar com eles. Porém, essa não era sua função. Devia remar o barco, só isso.

E quando não havia passageiros, ele adormecia e sonhava. Sonhava ser um herói, um aventureiro ou um deus. Sonhava que havia algo mais na existência do que um barco, um remo e um rio de águas sombrias.

Ped.
Ped.

A Música do Quarto ao Lado

Melodias tristes ecoavam através do quarto de hotel. O velho toca-discos rodava outra vez uma cópia desgastada de *Kind of Blue*. Pequenos estalos, típicos dos discos de vinil, soavam como gotas de chuva salpicando telhados antigos. A atmosfera era perfeita. Até mesmo a luz vermelha de algum *neon* vagabundo banhava a sala modesta com espectros infernais.

Deitado sobre cama de metal no canto do quarto, o jovem músico olhava pela janela ao mesmo tempo em que soprava notas profundas no trompete. O *jazz* era sua paixão. Decidira viver como os heróis do passado. Para compreender esse estilo, era preciso viver aquele tipo de vida. Um hotel barato, pouco dinheiro, lugares perigosos, bebidas e companheiros químicos. Uns consideravam isso autodestruição. Ele chamava de aprendizado.

Em uma madrugada qualquer, ele se arrastava para o quarto após mais uma apresentação em um bar no centro da cidade. Tivera que subir os quatro lances de escada até o seu andar, pois o elevador estava quebrado de novo. Gostava da tranquilidade na qual o hotel sempre se encontrava naquelas altas horas da noite. Entretanto, algo diferente aconteceu. Quando se aproximava da porta número 66, o jovem escutou notas brilhantes que perfumavam o ar. Parou por um momento com a chave pendurada na mão esquerda e prestou atenção no som. Vinha do quarto ao lado.

– Esse novo inquilino tem bom gosto – pensou em voz alta.

A música que soava pelo corredor era fantástica. Técnica perfeita aliada ao mais puro *feeling*. Devido a certos detalhes da sonoridade, pôde perceber que se tratava de um disco de vinil, como os que tinha em seu quarto. Concentrou-se no som, mas não conseguiu identificar o músico responsável por aquelas notas misteriosas e sensuais. Apesar dos parcos 21 anos de idade, seu conhecimento de *jazz* era imenso: uma enciclopédia ambulante, como diziam os amigos. Quem seria aquele solista? Seria uma gravação rara de John Coltrane? O sax tenor que dominava a faixa lembrava bastante o dele.

O jovem trompetista pensou em bater na porta do quarto vizinho. Depois, mudou de ideia. Era muito tarde, a pessoa poderia ficar irritada com a visita repentina. Passou a chave pela fechadura, entrou e atirou-se na cama. Ficou lá, olhando a luz da noite e ouvindo a deliciosa música do quarto ao lado.

– Amanhã verei quem está hospedado no 67. – Foi seu último pensamento antes de adormecer. Sonhou com tentáculos.

Batidas na porta o acordaram por volta do meio-dia. O rapaz levantou o mais rápido que o cansaço permitiu. As batidas se repetiram.

– Quem está aí? – perguntou sem vontade. Uma voz feminina relutante respondeu do outro lado.

– Filho? É você?

O músico abriu a porta no mesmo instante. A princípio, não quis acreditar no que via.

– Como me encontrou? – perguntou irritado.

– A Cris me disse...

– Era só o que faltava, aquela traidora!

– Filho, você não precisa fugir. Esqueça o passado e volte para casa!

– Quem disse que estou fugindo? Eu tenho a minha vida. Só quero viver em paz do jeito que escolhi. Não a vida que vocês querem.

– Eu entendo, tenho minha parcela de culpa com o que aconteceu. Mas o que Deus planejou...

– Vá embora daqui – o jovem interrompeu. – Por favor!

– Eu só queria...

– Vá embora, droga!

Então, um abajur de cabeceira foi atirado violentamente contra o chão. Para a mulher, não houve mais nada a fazer além de sair do quarto. O silêncio se abateu sobre a sala.

O rapaz sentou-se melancólico na beira da cama. Lembranças do passado tomaram de assalto seu pensamento. Como ela podia dizer que tinha apenas *uma parcela de culpa?* Aquela mulher representava tudo o que ele mais odiava: o fanatismo absurdo, a repressão, os medos, a eterna sensação de estar fazendo algo errado. Por causa disso aconteceu o pior. Uma cicatriz eterna na alma.

Uma cicatriz. Era assim que ele via o período nebuloso em que esteve na maldita instituição sob os cuidados de... *Ah!* Não podia nem mesmo pensar no nome dela. A dor do ferimento passou com o tempo, mas as marcas continuavam lá. E criaturas pegajosas repulsivas envolviam sua mente com tentáculos escuros toda vez que lembrava. Toda vez que desejava.

Passou o resto do dia nesse estado. Deixou algumas lágrimas escorregarem pelo rosto quando ouviu *Goodbye Pork Pie Hat* no toca-discos. Quando a noite chegou, voltou a soprar o trompete, inspirado pela música que ouvira na madrugada. Não demorou muito para novas batidas à porta interromperem sua meditação.

De imediato, resolveu não atender. Depois, para sua alegria, voltou em sua decisão. Do outro lado estava uma jovem, deveria ter idade semelhante à dele, linda e que sorria um tanto envergonhada.

– Desculpe vir aqui tão tarde. Mas não pude resistir quando ouvi você tocando. Estou hospedada no quarto ao lado.

– Nossa, isso é fantástico. Mais cedo ou mais tarde, eu iria bater na sua porta. Você tem ótimo gosto!

– Ouviu os meus discos daqui?

– Sim, são maravilhosos! Quer entrar?

– Claro.

– Mas antes você tem que me dizer o que estava tocando ontem à noite...

Palavras sequer foram necessárias para que ambos sentissem uma identificação imediata. A conversa fluiu sem dificuldade. Ela disse que vinha do interior e estava na capital há pouco tempo. Poucas pessoas compartilhavam o seu gosto musical, e quando ela ouviu as notas tocadas *ao vivo* pelo vizinho, ficou emocionada. Assim, decidiu conhecê-lo. Apenas naquela noite tivera coragem de bater na porta dele. Antes disso, ela o observara, sem ser notada, no saguão do hotel.

Ele, por sua vez, contou como levava a vida de músico nas madrugadas da cidade. Cada palavra fascinava a jovem, cujos olhos brilhavam, belos como nunca.

– Eu gostaria de ter conhecido você há muito tempo – ele falou entre dois goles de uísque enquanto tentava parecer um pouco mais misterioso do que era. – Você não?

A resposta veio com um beijo. Depois, o desejo soou mais alto do que qualquer melodia já ouvida. O rosto dela, a princípio apenas lívido, tornou-se uma sombra branca banhado pela luz que entrava através da janela.

Os corpos se envolveram em um turbilhão de sensações. Nenhum deles jamais sentira tamanha ligação antes. Os movimentos e os sons fluíam como a improvisação perfeita de um *jazzista* experiente. Eles eram corpo e mente, músico e instrumento, emoção e música.

Então, algo aconteceu. Um arrepio de pavor percorreu a espinha do jovem quando ele sentiu o toque gelado e escorregadio. Aquelas coisas repulsivas deslizavam pela sua pele como no passado. Tentáculos. Nunca iriam deixá-lo em paz? Com o coração em disparada, tentou desvencilhar-se do abraço horrendo. A criatura olhou para ele com olhos negros imensos e sem vida. Olhos que via diariamente na instituição, anos antes. Não havia nada mais a fazer além de lutar pela própria vida.

O rapaz golpeou a criatura sem piedade. Ela gritou em agonia. Uivos lancinantes saíam da garganta disforme. Ele bateu mais uma vez e viu o sangue brotar da face destruída. Os uivos agora não passavam de um gemido. Ele continuou golpeando até a criatura silenciar.

from
for the
weapon
for the

Aos que Habitam a Escuridão

Estava na biblioteca outra vez. Não podia explicar, apenas me deixei ser levado. As alucinações se repetiam com frequência e, em cada ocasião, eu vagava mais longe, seguindo as vozes.

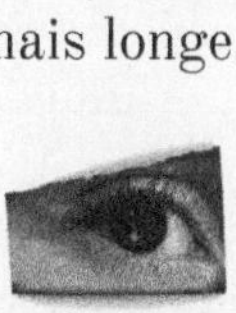

Em geral, esses episódios aconteciam pouco antes do despertar. Uma espécie de zumbido surgia, não sei de onde, e tomava conta do meu cérebro. O susto provocado por sua chegada me acordava, porém, o corpo parecia continuar dormindo. Lutava para conseguir movimentar os membros, tentava gritar por socorro. Tudo em vão.

Então, vinham as vozes. Debochadas, estridentes, cheias de escárnio. Nas primeiras vezes, elas ridicularizavam meu empenho na tentativa de mover o corpo: "Não vai conseguir! Não vai conseguir!". Depois, passaram a ser mais convidativas, chamavam por meu nome, mas sem nunca perder o tom de zombaria.

Eventualmente, algum impulso cerebral alcançava um membro e, com um movimento brusco, conseguia me libertar.

Procurei médicos, pensei estar com problemas neurológicos. Os especialistas nesses tipos de distúrbios apontaram apneia, sonambulismo e, acima de tudo, paralisia do sono, cujos sintomas eram semelhantes aos que eu apresentava. Os diversos exames a que fui submetido não revelaram nada.

Consultei psiquiatras que reviraram minha vida em busca de explicações para as crises. Foram receitados remédios de ações diferentes, antidepressivos. É claro que todos têm seus problemas, mas, ao analisar meu histórico, não conseguimos chegar a nenhuma conclusão.

Encontrava-me entre um busto de Shakespeare e outro de Dante, em uma sala da biblioteca que nunca visitara antes. Como eu sabia então que aquela era a Biblioteca Pública Estadual? Impossível entender. Apenas sentia que este era o prédio, sensação esta que já me acompanhara na primeira e rápida "visita" àquele lugar. As vozes continuavam a chamar. Pareciam vir de uma sala adjacente.

Decido atender ao chamado e mergulho na escuridão. Deparo-me com uma esfinge, que mira em meus olhos.

"SÓ A ESPHINGE NÃO MORRE E ERGUENDO O ESTRANHO PORTE, GUARDA, ETERNA, DO CÁOS DAS ORIGENS DA EDADE O ENIGMA DA VIDA E O MYSTERIO DA MORTE.

Neste instante, despertei. Sentia a cabeça dormente e um cansaço extremo. A cada episódio de suposta paralisia, esses efeitos se faziam sentir com mais força.

A fadiga me acompanhava durante todo o dia. O rendimento no trabalho decaiu, as relações sociais desapareceram. Os corredores escuros, as salas vazias e, por fim, a biblioteca, dominavam meus pensamentos.

Tentei visitar o antigo prédio para ter certeza de que era mesmo o seu interior que via nos devaneios. Não foi possível, pois ele estava fechado para reformas há anos. Era difícil relacionar as imagens que guardava na memória, das visitas nos tempos de colégio, com as salas que via durante a noite.

Após duas semanas sem incidentes, tornei a experienciar a paralisia. Confesso que já não tinha medo de me entregar ao comando das vozes. Outra vez, visitei a biblioteca. Percorri cada câmara com a curiosidade de uma criança. Podia sentir o contorno dos objetos, a expressão das estátuas, a severidade dos detalhes nos móveis. Parei diante de uma porta de vidro verde, em que cabeças douradas envoltas por raios de sol me olhavam nos olhos.

Quando despertei no dia seguinte, mais fatigado do que nunca, estava decidido a ver a biblioteca pessoalmente.

Faltei ao trabalho e fui atrás de uma autorização para entrar no prédio, uma vez que os seguranças do local não permitiam nenhuma visita (nem mesmo após uma tentativa de suborno, da qual tenho vergonha). Andei de escritório em escritório buscando os responsáveis pela biblioteca. Fui empurrado de um setor a outro, sem resultado. Ninguém parecia saber ao certo o que estava acontecendo dentro das paredes cobertas por tapumes. Tudo indicava que a obra havia sido interrompida por falta de verbas, e os nomes apontados para tocar o projeto de restauração mudavam a todo instante, assim como a diretoria da biblioteca. Tanto que, naquela época, não havia um diretor empossado.

Nenhuma das empresas que participaram da restauração quis comentar o caso. Ouvi rumores, graças a uma secretária descontente, de que a empresa em que trabalhava tinha um alto número de funcionários em licença por motivos de saúde. Informação que não pôde ser verificada, pois não consegui conversar, mesmo informalmente, com ninguém que trabalhara dentro da biblioteca.

Assim, minha busca passou para o arquivo público, onde encontrei farto material de pesquisa: plantas, recortes de jornal, fotografias e outros documentos históricos. Tomei conhecimento de detalhes sobre a construção do prédio, bem como as peculiaridades acerca de sua arquitetura e decoração, inspiradas pelas doutrinas do Positivismo.

É incrível como, às vezes, podemos saber tão pouco sobre a cidade em que vivemos. Imerso naquela história fascinante, passei dias pesquisando. Interessante notar que durante esses dias de pesquisa não tive nenhum episódio de paralisia. Porém, minha ansiedade só fazia aumentar.

Decidi então que entraria na biblioteca de qualquer forma. Como não consegui autorização para entrar por intermédio dos meios legais, iria entrar como invasor.

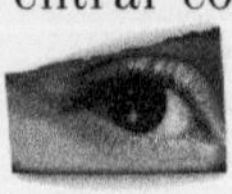

Um poço de luz entre a biblioteca e o edifício vizinho (cuja facilidade para entrar me deixou preocupado pela segurança de seus moradores) serviu ao meu propósito. As janelas aguardando novas vidraças no primeiro andar foram pertinentes.

Ao entrar no prédio, fui tomado por uma sensação de

familiaridade. Mesmo os lugares que eu sabia nunca ter visto antes (em pessoa) me eram tão conhecidos como minha própria casa.

Caminhei sem medo, estranhando apenas a ausência das vozes que antes guiavam minhas andanças. Fui ao andar superior, onde encontrei os bustos de Dante e Shakespeare, e olhei nos olhos da esfinge. Na base da estátua, o mesmo trecho de poema que vira no segundo dos episódios de paralisia em que visitei a biblioteca.

Avistei então a porta de vidros verdes e as cabeças douradas. Percebi movimentos do outro lado da vidraça. Sem hesitar, abri a porta.

Para minha surpresa, havia um livro com encadernação de couro sobre um pedestal no centro da sala. Abri-o e li a primeira frase que meus olhos encontraram. Era um idioma estranho, ininteligível. Chocado, observei as palavras se transformarem diante de meus olhos.

"NÃO ESTÁ MORTO AQUELE QUE PODE ETERNAMENTE JAZER, E, EM ERAS ESTRANHAS, ATÉ MESMO A MORTE PODE MORRER.

Apesar de muitas vezes contraditório, o Positivismo Religioso é voltado apenas ao elemento humano e descarta o sobrenatural. Por mais que as linhas ali pudessem me lembrar do culto ao "Grande Ser" (a entidade coletiva de seres humanos convergentes do passado, que contribuem para o progresso da civilização), não havia dúvida de que elas não pertenciam à doutrina criada por Auguste Comte no século XIX. Parecia saída de algum livro arcaico de bruxaria.

Continuei a folhear o livro e suas páginas revelavam um universo dominado por forças que eu não podia compreender por completo. Não falava de deuses e demônios, mas sim de consciências, ideias eternas e ciclos fantasmagóricos de poder. Pareceu-me que a humanidade está fadada a repetir sua própria história de desgraças por causa desses seres que vagam pelo universo esperando o momento de retornar ao nosso mundo.

Afastei os olhos do livro e, mais uma vez, fui surpreendido. Um grupo encapuzado jazia no meio da sala, cujas paredes eram adornadas por pinturas de motivos egípcios. A figura à frente do grupo apontou em minha direção e falou com um sotaque estranho, antiquado:

– Enfim, vieste.

– Quem são vocês?

– Somos ontem, hoje e amanhã. Respondeste ao chamado, farás parte de um plano superior. Os grandes antigos nunca abandonam este mundo para sempre. E está na hora de um deles retornar. Tua consciência será ofertada aos que habitam a escuridão. Teu corpo será o novo lar para um líder. Deverás considerar uma honra.

Quando o homem terminou de falar, todos os integrantes do grupo voltaram-se para mim. Não podia ver seus rostos, encobertos pelos capuzes, mas podia pressentir suas intenções. Antes que pudessem me alcançar, corri.

Derrubei móveis, colidi contra portas e objetos nessa fuga cega. Desci as escadas e encontrei a janela por onde entrara. Uma última olhada para trás revelou a imagem do homem que falara comigo no salão egípcio, iluminada pela luz da lua que entrava pela janela.

– Não há como escapar. Em breve voltarás aqui – ele disse.

Isso aconteceu há dois dias.

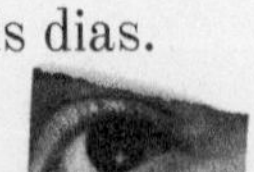

Não sei explicar o que poderiam querer comigo. Sou um homem simples. De que adiantaria emprestar meu corpo e minha vida já estabelecida para alguém? Porém, se aquelas criaturas são capazes de transformar um cidadão comum em um grande líder, o que mais eles podem fazer? Quem são essas grandes consciências que nunca abandonam nosso mundo definitivamente?

Os vivos são sempre e cada vez mais governados pelos mortos. Nunca pensara nessa máxima positivista de forma literal. Pois o que encontrei na biblioteca foi a prova de que essa frase, pelo menos para os seguidores daquela versão degenerada da filosofia de Auguste Comte, era verdadeira.

Comprei todas as latas de querosene que poderia carregar. Agora sairei para destruir aquele prédio maldito. É provável que eu seja considerado louco.

Relato encontrado pela polícia na casa de...............,
preso sob suspeita de tentar incendiar
a Biblioteca Pública do Estado.

Pandora

Parte I
O vigia noturno

Roger teve um dia péssimo. Sua esposa estava no sétimo mês de gravidez e já não conseguia dormir direito. Ela acabava acordando-o a todo o momento. Mas ele tinha que ser compreensível, era difícil para ela ter que trocar o dia pela noite. Estavam casados há apenas dois anos e as coisas ficaram difíceis quando Roger perdeu o emprego.

Logo apareceu a oportunidade de ser contratado por outra empresa de segurança, para um trabalho como vigia noturno do Museu Britânico, e ele não hesitou. Para que Roger se sentisse melhor, sua esposa resolveu adotar os horários dele, assim o casal não teria desencontros.

O trabalho era dolorosamente monótono. Ficar andando de um lado para o outro naquele museu escuro não o agradava nem um pouco. Naquele dia, depois das poucas horas de sono, seu ônibus atrasou e ele ainda teve de aguentar a reclamação do chefe do seu setor.

Passava da meia noite e Roger fazia mais uma ronda interminável. Tomado pelo tédio, o jovem quase dormia. Um vulto nas sombras o alertou. Seu coração disparou como nunca havia sentido antes. Não houve tempo de chamar os colegas pelo rádio. Um jato de gás o atingiu e imediatamente ele perdeu os sentidos. A última coisa que ouviu foi uma voz sarcástica dizendo: "Bons sonhos...".

Acordou cerca de meia hora depois, cercado por policiais e médicos. Os *flashes* das fotos de perícia feriam seus olhos. Uma peça em exposição havia desaparecido. A Capitã Harris era a encarregada do caso. Roger foi interrogado durante horas, mesmo sem ter muito o que dizer. Ele pensava que era seu fim, que ia perder aquela droga de emprego. Pelo menos não estavam desconfiando dele. Após alguns exames, Roger foi liberado para voltar para casa e descansar.

Amanhecia quando chegou ao seu apartamento. Não disse nada para a esposa, e quando ela perguntou se havia acontecido algo, ele simplesmente a mandou ficar quieta. Permaneceu bebendo por algumas horas, com o olhar perdido na janela. Um som curioso chamou sua atenção. Parecia que pessoas choravam na rua. Olhou para fora assustado.

Bem na sua frente, um carro se chocou contra a fachada de um restaurante. Pessoas gritavam e choravam à sua volta. Foi quando ele viu o próprio corpo envelhecido e consumido por uma doença terrível. Ele estava morrendo e era muito real. O pior veio depois. Sua mulher estava morta em uma cama de hospital. A criança, morta nos braços do médico. Neste mesmo instante, sua esposa entrou desesperada na sala dizendo: "Nosso bebê, nosso bebê!". Roger pegou sua arma do baú e atirou três vezes nela antes de apontar o cano para a própria boca.

Parte II
A detetive

Para a Capitã Harris, o trabalho não tinha o mesmo brilho de outros tempos. Os acontecimentos ruins que testemunhou durante a vida na polícia transformaram a jovem idealista dos anos 1980 em uma mulher de meia idade niilista. Extenuada por tanta barbárie, ela pediu transferência do departamento de homicídios para o de roubos. Ultimamente, andava distraída e falando pouco. Parecia que a policial veterana tinha perdido de vez o prazer de viver. Quando conversava, o que era raro, a capitã despejava cinismo.

Naquele dia, até estava tranquila e foi para casa descansadamente. Mas algo que detestava aconteceu: a acordaram no meio da noite. O maldito museu tinha sido invadido e um item importantíssimo estava sumido. Vestiu-se rapidamente e dirigiu até a cena do crime.

A primeira coisa que viu foi um grupo em volta do vigia daquela ala. O imbecil havia sido surpreendido e posto para dormir. Um administrador do museu deu todas as informações sobre a peça perdida, mas Harris quase não prestava atenção. Só ouvia algumas palavras no meio de todo aquele discurso afetado: "cerca de cinco mil anos", "bronze", "armazenamento de grãos". Não tinha dúvidas de que o roubo fora muito bem planejado e executado. O ladrão não esquecera nada: alarmes, câmeras, vigias. O canalha era bom, um verdadeiro profissional de primeira classe. Depois das primeiras considerações, Harris interrogou o vigia por horas.

Não foi de muita ajuda.

Voltou para casa, mas antes que pudesse perceber, estava no departamento novamente. Agia como um zumbi. Sua mesa estava coberta por uma papelada gigantesca. Viu fotos, plantas do edifício, relatórios. Suas costas doíam, não aguentava mais. A capitã Harris não via a hora de se aposentar.

Levantou da cadeira e foi pegar um chá. Na sala de recreação, os ruídos estranhos começaram. Aqueles sons a lembraram do funeral de seu pai. Todo mundo adorava o velho. Nunca tinha visto tantas pessoas em pranto como naquela cerimônia. O barulho ficou mais intenso e ela saiu da sala segurando o copo, dirigindo-se para a janela. O que testemunhou foi estarrecedor. Pessoas atiravam-se de edifícios e na frente de carros. Outras lutavam. Quando percebeu, o departamento inteiro estava soluçando.

E aí aconteceu com ela também. Na sua cabeça, a imagem de um marginal atirando contra suas costas. Aquilo estava acontecendo. Não era sonho. Em meio ao caos, a capitã andou até o depósito de armas. O soldado da porta estava deitado em uma poça de sangue, tinha cortado os pulsos e a garganta. Harris entrou, pegou duas granadas e explodiu junto com metade do prédio.

Parte III
O ladrão

Após uma curta viagem de carro, Vincent encontrou-se em frente à velha mansão de estilo vitoriano. O prédio sombrio não lhe causava nenhuma impressão, pelo contrário, gostava daquela escuridão. As sombras são aliadas importantes para os homens da mesma profissão que a dele. Vincent era o melhor ladrão do continente e seu preço era alto. Mas a velha Devon podia pagá-lo. Aquela mulher pequena e estranha estava inquieta e ia pagar uma quantia absurda pelo roubo de um item de museu. Mesmo com todos os riscos, o ladrão teria feito o trabalho por menos, bem menos. Dentro do triste palácio, os dois acertaram os valores e a data do serviço.

Um longo tempo de planejamento foi necessário para executar o roubo. O prédio sul do museu era muito bem vigiado, cheio de aparatos modernos de segurança. Vincent fotografou, estudou as plantas, conseguiu se infiltrar na administração, seguiu e catalogou as vidas de todos os vigias, especialmente o que estaria na sala do seu alvo no momento do assalto. Na data marcada, tudo estava pronto. Era hora de agir.

Preciso como as engrenagens de um relógio suíço, Vincent realizou o trabalho sem maiores problemas. Cada passo saiu como esperado e ele rumou com seu prêmio para a mansão da velha Devon.

Havia algo de sinistro no ar daquela noite. Apesar do sucesso, Vincent não se sentia bem. O que havia de tão precioso naquela peça para deixar a velha maluca tão obcecada? Os portões da mansão se abriram e o ladrão foi recebido pelos seguranças de seu contratante. O produto foi analisado friamente. Mesmo sendo um homem experiente, Vincent estava nervoso. Aquela era a chance de sua vida. Finalmente, a velha autorizou o pagamento. Com pressa, o criminoso saiu da mansão e rumou para o aeroporto.

O avião estava em pleno voo naquele amanhecer amaldiçoado. "Enfim, a aposentadoria!", ponderou o ladrão com um sorriso. Pediu uísque à aeromoça. Recostou-se na poltrona e pensou em dormir. Segundos depois, começaram uns sussurros desagradáveis. Vincent não percebeu o que estava acontecendo. Os sussurros transformaram-se em gritos. Então, Vincent viu o mesmo que todos os outros passageiros. O avião estava caindo. Em instantes, isso era realidade. O ladrão assistiu assombrado aos edifícios da cidade ficarem cada vez mais próximos. Depois, tudo foi consumido por uma bola de fogo.

Parte IV
A maga

Durante as décadas de 1960 e 1970, jovens a procuravam para saber mais sobre os mistérios do universo. Até alguns astros do *rock* britânico andavam a sua volta. Devon era uma bruxa famosa. Escreveu muitos livros, era chefe de uma ordem secreta, aparecia na televisão em programas sensacionalistas. Sexo, drogas e misticismo dominavam sua existência.

Isso tudo mudou com o passar do tempo. As pessoas perderam o interesse por ela. Sozinha em sua imensa casa no campo, Devon estudava obsessivamente manuscritos antigos. Em um desses documentos ancestrais, reconheceu um objeto que vira no Museu Britânico, anos antes. Era um jarro de bronze, possivelmente da civilização egeia. Ela tinha que possuir tal objeto.

Os tempos de fama da maga lhe renderam bons contatos no submundo. Em diversas ocasiões, a Ordem encobrira atividades ilegais. Foi por intermédio de antigos colaboradores que chegou ao ladrão Vincent. Na noite combinada, eles acertaram os valores do golpe. Era uma noite fria e melancólica, como se fosse uma amostra do que estava por vir. Devon estava confiante no sucesso daquele profissional do crime. Depois que ele saiu, a maga pesquisou até o amanhecer.

Na noite do roubo, Devon não dormiu. Esperava ansiosamente pelo sinal do ladrão. Pouco depois da meia-noite, ela recebeu a mensagem. Vincent tinha conseguido.

Uma hora depois, o criminoso chegou à mansão com o fruto de seu trabalho. Não era possível descrever o que se passava na mente da maga. O maior desejo de uma vida estava prestes a se realizar. A transação foi rápida. Um grupo de seguranças recebeu o ladrão, Devon analisou a peça roubada e depois ordenou a transferência do dinheiro para as contas de Vincent em um paraíso fiscal. Em seguida, pediu para ficar sozinha.

Com a sala vazia, analisou o objeto de seus devaneios. Era um jarro belíssimo, hermeticamente fechado. As inscrições nunca haviam sido decifradas. E como poderiam? Era a língua dos Deuses. Mas ela tinha que ter certeza. Seria aquela a "caixa" dos poemas de Hesíodo?

O vento soprava assustadoramente naquele amanhecer avermelhado. Devon preparou o ambiente. Acendeu velas, cantou em idiomas há muito extintos. Ela não podia mais esperar. Com o coração batendo forte, colocou as mãos sobre a tampa do artefato. Abriu-o da mesma forma que outra mulher o fizera em eras míticas. O vento mudou e um cheiro de morte impregnou o ar. "Ela existe", gritou a maga. Mas ao perceber o que havia libertado no mundo, Devon viu seu destino terrível e o de toda humanidade. E nada pode ser pior do que saber. Pegou um punhal de prata e acabou com seu sofrimento, enquanto o mundo também morria lá fora.

Na Solidão de Phobos

Uma gentil corrente elétrica entre os cabos da máquina me desperta. Sentada na cama, desligo os conectores de minha cabeça. Acho que dormi pesado por várias horas, pois meu corpo está dolorido. Não consigo lembrar de ter sonhado. Mal posso esperar para ver se a máquina gravou alguma coisa interessante.

Higiene, exercícios, alimentação. Faço a ronda na base como de costume. Através da escotilha, o planeta vermelho domina a paisagem. Eu gostaria que Phobos não estivesse tão perto assim dele. Mas o que eu gostaria mesmo é que a máquina não demorasse tanto tempo para processar a leitura do meu tráfego elétrico cerebral e convertê-lo em imagens. Esse gravador de sonhos *Crepas/Giraud* está um pouco defasado. Acho que já existiam modelos mais rápidos e que dispensavam o uso de cabos antes da guerra começar. Enquanto ele trabalha, realizo as tarefas básicas.

Libero os canais de áudio na esperança de ter recebido algum contato. Nada. O comunicador envia a mesma mensagem para a Terra, "Posto Avançado nº 31, satélite Phobos, responda!", sem obter retorno há três meses. Outro dia, sonhei que alguém me chamava pelo transmissor. Era a voz de K. Apenas a voz.

Visto uma camiseta de mangas longas e outra de mangas curtas por cima. Parece que a temperatura caiu um pouco. É melhor descer e verificar o gerador de atmosfera artificial.

O vazio das salas e dos corredores não causa mais aquela sensação estranha. Não vejo outro humano desde o última batalha na colônia em Marte. Poucos dias depois do massacre, perdi contato com a Terra. Sei que a colônia foi arrasada, posso ver as ruínas pelo telescópio. Como a grande estação de processamento de ar explodiu no ataque, ninguém deve ter sobrevivido. Mas e na Terra, o que aconteceu? Essa é a pergunta que faço todos os dias.

Chego à sala do gerador e verifico os circuitos. Não encontro nenhuma mensagem de mau funcionamento nos computadores. Mando o sistema fazer uma varredura completa em busca de erros e o *scan* não acusa falhas. Faço o mesmo com o sistema de armazenamento de suprimentos. Pelos meus cálculos, ainda tenho provisões para três anos. Duraria muito menos se os outros estivessem vivos. Quando a invasão à colônia teve início, meus quatro companheiros tentaram fugir na cápsula de salvamento e foram abatidos. Achei que era meu dever manter a posição, por isso não fugi com eles.

Ouço o sinal da máquina. Corro para ver os resultados: apenas quinze minutos de gravação. Imediatamente, conecto os cabos à minha cabeça e, com a luva de controle, seleciono no *menu* a opção *Assistir*. Hora de reviver.

Pouco a pouco, as imagens começam a surgir em minha mente.

Terra, manhã de inverno. Desço as escadas de uma casa que não é minha e saio para a rua. É uma das últimas casas da cidade. Sei o quanto elas são raras. Estou parada na calçada. Sinto o vento frio no rosto. Não há ninguém na rua. Um homem com aparência familiar surge do nada e pergunta:

– Garota, essa é a sua casa?

Olho para trás e vejo minha mãe na janela. Ela está me mandando entrar.

– Sim, senhor. É a minha casa. O senhor está procurando alguém?

Continuo ouvindo os gritos de minha mãe.

– Eu quero falar com o seu pai. Ele está?

– O meu pai morreu, senhor...

Nesse momento, há um corte abrupto. A máquina faz a habitual contagem regressiva para iniciar nova sequência de imagens.

Terra, meu apartamento. O interior é semelhante ao do Posto Avançado nº 31. Estou na sala assistindo a algum programa na televisão. Converso com uma pessoa que está distante. Não consigo compreender o diálogo. Levanto e ando pela casa. Continuo sentindo frio, como no sonho anterior. Percorro o corredor até chegar ao banheiro. Encontro a porta entreaberta e posso ouvir o barulho do chuveiro. A porta se abre devagar e vejo o rosto dela enfim. K sorri. Em seguida, uma série de imagens desconexas surge. Acelero o resto do sonho para ver se K aparece outra vez. Nada. Retorno ao ponto em que vi seu rosto e congelo a imagem. Como ela é linda.

Foi a primeira vez que a vi desde minha chegada. Depois de repetir sua imagem à exaustão, decido reviver outra gravação. Seleciono no arquivo o sonho em que eu voava sobre a superfície de Phobos. Este é um satélite pequeno, com cerca de vinte e sete quilômetros de diâmetro, e orbita a menos de seis mil quilômetros acima do solo de Marte. No sonho, eu o atravesso por completo e me perco nas trevas da cratera Stickney. Desorientada na escuridão, eu vejo uma luz distante. Vou até ela para encontrar uma caverna semi--iluminada, onde monstros dos filmes de minha infância me atacam sem piedade. Segue uma luta feroz e a adrenalina corre em minhas veias. Que sensação fantástica!

Quando percebo, estou há pelo menos quatro horas conectada, revivendo sonho após sonho. Boa hora para um café. O que eu não consigo entender é como pude não lembrar de tê-la visto no sonho quando acordei?

Meu questionamento é interrompido por sinais de alerta na sala de comando. Corro para lá assustada. Seriam visitantes? O tremor causado pelo primeiro impacto no solo poroso de Phobos acaba com minhas expectativas. No monitor, uma mensagem pisca sem parar: *chuva de meteoros*, *chuva de meteoros*!

Analiso a rota de colisão das rochas espaciais e peço para o computador calcular o momento dos impactos. Um deles irá atingir a base em dois minutos. Espero que a blindagem aguente. Outras pedras caem muito próximas. Um arrepio percorre minha espinha enquanto aguardo pelo meteoro que atingirá a base.

Então ele chega. O estrondo metálico é insuportável. Sinto o chão estremecer como se fosse se abrir debaixo dos meus pés. Toda a estação fica às escuras.

Logo as luzes de emergência se acendem. Levanto do chão e volto para o computador. Peço um relatório de avarias:

* FUSELAGEM................................OK
* GERADOR DE AR........................OK
* SISTEMAS OPERACIONAIS.......OK

* OBS.: o sistema da base retornará ao funcionamento padrão em cinco minutos.

Por que o computador não me avisou sobre esta chuva de meteoros com antecedência? Acesso o relatório de avisos e, para minha surpresa, encontro uma nota referente aos meteoros datada de onze dias atrás. Maldição. Como pude deixar isso passar? Existem vários procedimentos de segurança que precisam ser tomados nestas situações. Tive sorte. Muita sorte. Toda base poderia estar perdida por uma falha como essa. Devo ter mais atenção. Esse erro não pode se repetir.

Felizmente, o asteroide que atingiu a base não era muito grande. O Posto Avançado nº 31 foi construído para suportar as intempéries que assolam Phobos regularmente. Este satélite é coberto de crateras e alguns astrônomos acreditam que o choque criador da gigantesca cratera Stickney quase o destruiu por inteiro. Ameaças como essas podem ser previstas pelo sistema. Na última ocorrência, cinco meses atrás, evacuamos o Posto e aguardamos a chuva passar na segurança da colônia em Marte.

Arrumo a bagunça deixada pelo impacto. Dou maior atenção à cozinha. Mesmo estando sozinha há tanto tempo, procuro manter as coisas organizadas por aqui. É um modo de me manter ocupada. Para falar a verdade, a base está mais organizada agora do que quando eu a dividia com os demais colegas, todos homens. Não sinto falta deles.

Exausta após a tarefa e os momentos de extrema tensão, dirijo-me ao alojamento. Logo na entrada, ouço o som do chuveiro, como no sonho. Meu coração dispara de antecipação. Porém, em vez de encontrar o rosto sorridente de K, vejo o banheiro vazio. Não há nada aqui, como nos últimos três meses. Entro no chuveiro e fico pensando em K. Onde você está agora?

Sem perder muito tempo, eu conecto os cabos do *Crepas/Giraud* em minha cabeça e deito na cama. Hora de sonhar.

O lento veículo se desloca por uma estrada de terra. À distância, posso ver a bela casa de madeira escura cercada por uma gigantesca plantação de flores amarelas. Uma imagem bela, porém, um tanto estranha. Com sua fachada sombria e teto pontiagudo, a casa é uma mancha negra em meio ao mar dourado. Pergunto ao motorista se ele conhece o dono daquela fazenda. Ele responde que sim com um ar melancólico. O motorista não me é estranho.

Quando chego à porta da casa, encontro o capataz. Ele fala:

– Olá, garota! Eu não a esperava tão cedo.

– Eu consegui uma carona na cidade. Como estão as coisas?

– Nada bem. A senhora piora a cada instante. Acho que ela não passa de hoje.

O capataz está certo. No início da madrugada, a senhora falece. Uma atmosfera forte de pesar inunda a casa escura. Ao amanhecer, o dono da casa aparece para os empregados e dá a seguinte ordem:

– Destruam tudo. Não quero ver uma dessas malditas flores amarelas ao fim do dia. Nada mais me importa agora. Eu perdi tudo.

Munidos de ferramentas de corte, andamos até a plantação e começamos o trabalho. Já é noite quando terminamos a tarefa. Voltamos para a casa. O corpo da senhora está sendo velado em meio a uma quantidade enorme de velas. Tudo parece muito estranho. Há parentes meus presentes na sala. Converso um pouco em voz baixa. Vejo um velho amigo dos tempos do exército e vou falar com ele. O trajeto é interrompido pelo grito de uma mulher:

– Olhem lá fora! O que é aquilo?

Sob a luz da lua, criaturas emergem do solo onde, poucos momentos antes, havia a plantação de flores. São dezenas de seres demoníacos, escuros e esqueléticos. Em instantes, a casa está cercada e esforços são feitos na tentativa de barrar as portas e janelas. Começo a rir. Algo naquela situação me diverte. Batidas violentas na porta alteram minha sensação. Rachaduras surgem na madeira. As batidas aumentam em intensidade, quebrando as tábuas pregadas à porta. Então, as tábuas cedem. As criaturas param e nos observam. Em seguida, elas avançam lentamente para dentro da casa. Por instinto, jogo um vaso de flores na direção dos seres. As flores esparramam-se pelo chão. Ao verem as delicadas pétalas amarelas, que não deveriam estar lá, as criaturas param.

Acordo sobressaltada. Na escuridão do dormitório, demoro a perceber onde estou. Levo as mãos à cabeça e sinto os cabos da máquina. Estou na base.

Que sonho bizarro. Geralmente, esses pesadelos são bastante divertidos ao serem revividos na máquina. Porém, havia uma morbidez incômoda neste que eu acabei de ter. Acho que não vou conseguir dormir mais. Levanto da cama e deixo a máquina fazendo seu trabalho.

Fico pensando no motorista que me levou até a casa estranha. Tenho que reviver o sonho, não consigo lembrar direito daquela face. Tive a sensação de que o conhecia. Algo me diz que ele se parecia com o homem que perguntou pelo meu pai em um outro sonho.

O silêncio dos corredores é assustador. Há algo de errado por aqui.

Ouço vozes na sala de recreação. Minha nossa, o que estará acontecendo?

Corro na direção das vozes. Sinto o coração disparar. Ao chegar à sala, o medo dá lugar à completa surpresa. K está me esperando. Ela sorri e fala com sua voz doce:

– Por que você demorou? Sinto sua falta.

– Eu não sei. Eu estava na máquina. Meu deus, eu também senti muito a sua falta.

– Nós estamos atrasadas.

– Vamos a algum lugar? Mas eu pensei...

– A máquina. Você tem que desligar a máquina.

O que foi isso? Ainda estou conectada ao *Crepas/Giraud*. A confusão toma conta de minha mente. Não acredito que K não esteve aqui. Foi tudo tão real. Eu estava acordada. Eu tinha que estar acordada. A máquina vai demorar para processar as informações. Mas eu não estou com cabeça para fazer outras coisas, vou esperar que ela realize seu trabalho.

Após alguns minutos, ouço o sinal familiar da máquina. Sem hesitar, conecto os cabos e seleciono *assistir*. Vejo o rosto do motorista. Ele parece o pai de K. Logo em seguida, chegamos à casa isolada em meio às flores amarelas. Tudo acontece da mesma forma que lembro. Sinto outra vez a excitação do confronto com as criaturas malignas. A gravação é encerrada abruptamente. Foi cortada no momento em que pensei ter acordado. Nenhuma imagem aparece depois disso. Acelero a gravação. Nada. Como é possível? Onde está o resto?

Decepcionada e confusa, deito sobre a cama. É impossível parar de pensar em K. Sinto seu perfume, o toque de sua pele. Será que estou perdendo a cabeça? Tento recapitular meus passos após o sonho com as flores amarelas. Em um minuto, eu estava pensando no pesadelo. Em outro, eu ouço vozes e acabo encontrando K. Logo depois, estou de volta ao dormitório e conectada. Não faz sentido. Se tudo isso fora um único sonho, por que não encontro sinal desta segunda parte? Pode ser um defeito na máquina...

Acesso o *Assistente para Correção de Erros* do *Crepas/Giraud*. O programa começa a varrer o sistema em busca de falhas. Enquanto isso, dou uma conferida nos arquivos e percebo que o *drive* está com sua capacidade quase exaurida. Tenho que apagar alguma coisa. Mesmo assim, ainda havia espaço suficiente para gravar a aparição de K. Procuro qualquer motivo para justificar essa falha. Sem sucesso: a máquina parece estar em perfeito funcionamento.

Sinto-me frustrada. Mais uma imagem de K guardada apenas na lembrança. Ando sem rumo pela base, como se procurasse por algum sinal.

Depois de vários minutos caminhando, decido conferir as mensagens. Como era de se esperar, o computador não apresenta nenhuma notificação. Repito de modo mecânico todas as tarefas tediosas que realizo para ocupar o meu tempo. Não posso continuar assim. Entretanto, nada posso fazer para mudar a minha situação.

Volto para o consolo passageiro da máquina. Aproveito para organizar os arquivos a apagar algumas gravações menos interessantes. Fixo minha atenção naquele pequeno momento em que a máquina gravou uma rápida visualização de K algum tempo atrás.

Isso é uma tortura.

Desconecto os cabos e saio em direção à sala de comando. Sentada em frente ao painel de controle, olho para a desolação de Phobos. Fico observando a paisagem imutável por horas a fio. Estou cansada. Física e mentalmente. Quando a maldita guerra pelos recursos minerais de Marte começou, eu fui enviada para cá de imediato. Fora, na verdade, uma promoção. Comandante de Posto Avançado. Que grande piada. Agora desfruto da solidão deste bloco de areia perdido no espaço. Tão insignificante que, dentro de alguns milhões de anos, será destruído quando ficar muito próximo de Marte. Talvez ele vire um belo anel, como os de Saturno. Enquanto isso não acontece, vou narrando minha vida em pensamento, de modo patético, como se estivesse escrevendo um diário ou um livro.

Um vulto fora da base me surpreende. Verifico os sensores de movimento, mas eles nada acusam. Ligo as câmeras de vigilância. Assisto aterrorizado ao vulto negro atravessar velozmente por uma das telas. Retrocedo a imagem e a reproduzo em *slow motion*. Mesmo com esse recurso, não consigo distinguir nada.

Dez minutos se passam sem que eu aviste outro vulto nas câmeras. Por fim, tenho uma ideia interessante. Ando até a comporta principal e visto um dos trajes espaciais. Vou ver o que está acontecendo lá fora. Aciono os comandos para selar a sala. Em seguida, abro a comporta. Phobos espera com toda a sua desolação do outro lado. Não é fácil caminhar por sua superfície.

O primeiro passo provoca um arrepio na espinha. É como estar em um sonho. Sinto como se estivesse em outro corpo dentro deste traje. Circundo a base sem encontrar nada de anormal. Então, sinto um desejo enorme de caminhar pelo satélite. Sigo com passos curtos pela paisagem sombria. São muitas as crateras e os tamanhos são variáveis. Vejo daqui a borda da maior delas, a cratera Stickney.

Desajeitada, pois nunca andei muito com o traje, vou até a beirada da grande cratera. Interessante como ela se parece muito com os meus sonhos quando olhada de perto.

Algo estranho chama a minha atenção. A imagem à minha frente não provoca uma sensação de medo, embora não seja nem um pouco normal. É uma figura humana com cerca de quatro metros de altura. Veste um manto e um capuz. Posso ver seu rosto. Não há maldade nele. Quando tento me aproximar, ela desaparece.

Volto para a base um tanto desapontada. Fico perdida em especulações sobre o que acabei de ver. O passeio pela superfície do satélite me cansou bastante. Caio sobre uma poltrona e vejo o tempo passar. Tempo... Aqui em Phobos é tudo o que eu tenho. Até acabarem meus suprimentos, dentro de três anos. Será que eu vou durar tanto tempo? Mas alguém pode vir até aqui para me resgatar. Ou será que alguém já está aqui?

Devo estar perdendo a cabeça. Aquela figura encapuzada... Meus olhos estão pesados.

Acordo em meu dormitório. Não lembro de ter vindo para cá. Noto que os cabos da máquina não estão conectados à minha cabeça. Pela primeira vez, em muito tempo, acordo sem eles. E se eu sonhei alguma coisa interessante? E se eu sonhei com K? Dormi tão profundamente que as lembranças ficaram embaralhadas. No fundo, não fico tão aborrecida por ter perdido o que quer que tenha se passado em minha mente neste último período de inconsciência. Tenho uma eternidade no mundo do sonhar à minha frente.

O sinal do *Crepas/Giraud* me assusta. Olho para a máquina

e leio a mensagem no visor: *vinte minutos de gravação*. Como isso pode ser possível? Imagino que a mensagem é resultado de algum problema no programa. Contudo, não consigo resistir à tentação e conecto os cabos para assistir a possível gravação.

A primeira imagem me deixa sem fôlego. Estou vestindo o traje espacial na sala da comporta. Ando sobre a paisagem desolada de Phobos. Continuo caminhando em volta da base e depois sigo na direção da cratera Stickney. Paro ao ver a criatura gigantesca encapuzada.

Mas eu estava acordada! Eu estava acordada!

Interrompo a gravação. Isso não pode ser verdade. Maldita máquina. Revejo a gravação passo a passo. As imagens são tão reais. Lembra mais uma filmagem do que as gravações habituais da máquina.

Tudo está tão confuso. Não consigo mais confiar no que vejo. Em um acesso de fúria, jogo o *Crepas/Giraud* contra a parede. Quando tomo conhecimento do que acabara de fazer, eu caio em prantos. O desespero me consome. Começo a tremer freneticamente. Ando de um lado para o outro no dormitório, buscando compreender o que está se passando em minha mente. Há quanto tempo isso tem acontecido comigo? Procuro lembrar dos últimos acontecimentos. Coisas que eu posso provar que aconteceram de verdade.

A chuva de meteoros.

Corro até a sala de controle e acesso o histórico de avisos de segurança no computador. Não há nada lá. Entro no sistema de câmeras para tentar encontrar imagens dos meteoritos. Digito data e hora da ocorrência. Analiso todas as câmeras e não encontro nada mais uma vez. Sem querer, acelero a gravação e vejo o vulto que passou diante das câmeras. O vulto que me fez sair da base e caminhar sobre a superfície de Phobos.

Ando até a sala da comporta principal e verifico os trajes. Encontro poeira nas botas de um deles. Mas minha caminhada pelo satélite fora gravada pela máquina. Cada vez mais confusa, vou para a enfermaria e tomo algumas pílulas para dormir. Quero a inconsciência. Deito sobre a cama e espero as drogas fazerem efeito. Estou suando frio e não consigo parar de tremer. Sinto um frio enorme congelando o meu espírito. O sono não vem.

Meu desespero termina quando eu a vejo. K está parada sob a porta, vestindo o capuz da figura que vi próximo da cratera. Ela entra sorridente no quarto. Eu pergunto:

– Você está mesmo aqui? Tudo tem estado tão estranho...

– Pare com isso. Você não precisa se preocupar. Agora eu estou aqui. E não vou deixá-la nunca mais. As coisas não serão mais como eram na Terra.

– Mas como você chegou?

– Através dos seus sonhos.

Ela me beija e sinto seu toque delicado em meu peito. Há muito tempo eu não tinha contato humano. O calor do corpo dela me aquece enfim. Não sinto mais o frio. Não tenho tremores. Não tenho mais medo. Acaricio seu corpo e o aperto contra o meu. Afasto suas roupas e beijo sua pele nua. Não foi minha culpa, K. Não foi minha culpa.

Acordo sozinha no dormitório. Onde ela está? Levanto e saio a procurá-la. Passo pela máquina, que pisca agonizantemente. Percebo que a base não está tão fria quanto nos últimos dias. Vasculho todas as salas e corredores sem encontrar sinal de K. Na sala de controle, verifico as câmeras de segurança uma a uma. Phobos continua a imagem da solidão, como sempre. Minha atenção é desviada das telas por um barulho vindo da sala da comporta principal. Ouço o barulho das portas e da descompressão. Na câmera daquela área, vejo K saindo para a superfície do satélite.

Sem pensar duas vezes, corro até a comporta e visto meu traje. Aciono os comandos e as portas se fecham atrás de mim. Espero mais alguns segundos e a comporta se abre. Posso ver K à minha frente, correndo na escuridão. Sigo K com passos desajeitados. Tropeço em uma pequena cratera e ela ganha distância. Tento gritar, mesmo sendo impossível para ela ouvir. K está indo para a cratera Stickney.

Ando o mais rápido que o traje permite. Tenho que alcançá-la. Para meu espanto, eu a vejo adentrar as trevas da cratera. Estou cansada. O esforço é muito grande. Chego cambaleando à beira do abismo negro. Não consigo vê-la. Começo a descer com cuidado. Quando consigo distinguir a imagem de K no escuro, perco o equilíbrio e caio...

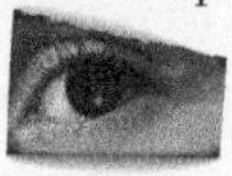

Devo ter perdido os sentidos por alguns minutos. Sinto uma dor imensa em minhas pernas. Por algum motivo, ela queria que eu viesse para cá. Olho ao meu redor, sem encontrá-la. Não posso mais ficar sem ela. Não posso mais... Esperei tanto tempo para vê-la. Por favor, não vá embora. Não vá embora!

Nada... Mas sei que, em nosso último encontro, ela deixou claro que ficaria. K nunca mentiu. Ela vai voltar. Eu sei que vai. Tenho tempo. Tudo o que eu tenho é tempo. Não tenho outro lugar para ir. Minhas pernas doem muito, vou ficar aqui. Onde ela me trouxe. Posso esperar, não tem problema. Vou esperar aqui até ela voltar.

O Deus Esquecido na Areia

Ao fim do terceiro dia de exploração naquele planeta desértico, nos deparamos com as ruínas do que parece ter sido uma cidade. Edificações enormes, quase encobertas por dunas gigantescas, são a prova de que houve uma civilização inteligente por aqui. Alguns restos mortais que recolhemos nos dão uma boa ideia de como eram os habitantes deste mundo. A julgar pelos membros e pela cabeça, eles se pareciam muito conosco.

Na manhã seguinte, encontramos uma construção de formato diferenciado, que especulamos ser um templo de adoração. Dentre as várias criaturas representadas em suas paredes, uma delas parece se repetir. Um ser de olhar triste, preso com os braços abertos em uma espécie de sinal formado por duas retas transversais. Essa imagem domina o templo. Logo a seguir, encontramos artefatos semelhantes em algumas das habitações.

O achado mais impressionante veio três dias depois, na mesma cidade em ruínas. Descobrimos uma estátua branca colossal da figura repetitiva do templo. Seus braços abertos parecem abraçar o horizonte vazio, seu olhar fita o infinito. Ele deveria ser o deus para este povo. Seja quem for, não impediu o fim desta terra. Retornamos ao nosso planeta no dia seguinte. Aquele deus esquecido na areia jamais saiu de minha memória.

O Filme

Quando olhou nos olhos da besta, já estava perdido.

– Como você fez isso? O quanto desse filme é real? – perguntou o crítico.

Seu coração disparou como nunca acontecera antes. Pensou que estivesse morrendo. Essa era a exata sensação que o filme lhe provocara: a iminência da morte. Em vinte anos de crítica cinematográfica, jamais provara tal sabor.

Guerrieri, o diretor, possuía um longo histórico de aberrações cometidas em película. Seu primeiro trabalho, *Django Il cacciatori di vampiri*, unia a brutalidade dos *westerns* peninsulares à depravação das obras sensacionalistas que exploravam os horrores do nazismo. Por outro lado, sua estreia infame em nada se comparava ao banquete dantesco da produção que acabara de exibir ao crítico incauto. Deliciando-se com o estado daquele profissional das letras, Guerrieri disse:

– Tudo o que você viu é real. Se você quiser que seja.

Sem poder entender, o crítico respondeu:

– Esse filme não pode ser exibido ao público. É um absurdo!

– Mas você o assistiu até o fim, não foi?

– Não sei como pude... Não conseguia pensar com clareza. Algo mantinha meus olhos abertos. Alguma coisa me fazia seguir em frente.

A risada de Guerrieri preencheu a sala. Uma risada que mais parecia pertencer a algum vilão dos seus filmes, como *Corri, carogne! Eh arrivato Durango Killer per amazzali tutti!* Ele desligou o projetor, mergulhando o recinto na mais pura escuridão. Aproveitando o efeito das trevas, Guerrieri questionou o convidado:

– E agora, o que você vê?

– Meu deus, eu ainda vejo o filme! Isso não é possível.

As luzes se acenderam e o cineasta relatou sua experiência, com certo tom nebuloso dominando a voz:

– Também foi assim comigo da primeira vez. Mesmo quando fechava os olhos, ele continuava lá. Vai passar, não se preocupe.

– E depois, o que acontece?

– Poucas pessoas o assistiram até agora. Cada uma delas teve reações diferentes. É difícil explicar o que está acontecendo. Durante as filmagens, tudo ocorreu normalmente. Enquanto montávamos a película, nada chamou nossa atenção. Apenas quando o filme ficou pronto nós percebemos que ele era especial.

– Especial? Você deve estar ficando louco.

A conversa seguiu até tarde da noite. Cansado e confuso, o crítico deixou o apartamento de Guerrieri na *Via della Strega*. Desanimado, andou pela rua até pegar o carro do outro lado da calçada. As imagens horrendas não deixavam sua cabeça. Tentou esfregar os olhos, sacudir a cabeça. Nada adiantou. Apesar da repulsa inicial, o crítico passou a sentir algo muito estranho: uma vontade inexplicável de assistir ao filme outra vez.

Os faróis dos carros se assemelhavam a pequenas chamas bruxuleando na penumbra da noite. Perdido em pensamento, o crítico dirigiu de forma quase mecânica. Seu destino era o belo apartamento do produtor conhecido como De Fida, velho parceiro de Guerrieri. Dirigiu-se para lá sem aviso prévio. Contudo, foi recebido pelo amável, e já idoso, produtor a despeito da hora avançada.

De Fida pareceu perceber o estremecimento do crítico e foi logo disparando:

– Você viu o filme, não viu?

A resposta surgiu entre tremores. De Fida pediu à sua filha, Simone, para providenciar um chá. Enquanto a jovem não retornava, o crítico falou:

– Aquela coisa é demoníaca. Não consigo tirá-la da minha cabeça.

– Vejo que ele te afetou muito. Mais do que a mim. Tenho sofrido de insônia desde que o assisti. Mas, pelo menos, consigo me controlar.

– Que diabos está acontecendo, De Fida? O senhor produziu aquilo, deve saber.

– Sinceramente, não sei dizer. Deveria ter sido apenas mais um filme. O que sei é que Guerrieri está cada dia mais orgulhoso dessa obra. Também posso afirmar com segurança que ele está obcecado. Nunca o vi assim.

– Você vai permitir que essa abominação chegue às salas de cinema?

O produtor veterano nada respondeu. Apenas abaixou

a cabeça e suspirou. Simone entrou na sala e, ao perceber a aflição de seu pai, disse:

– Por favor, não me leve a mal, mas o senhor poderia se retirar? Está muito tarde, meu pai precisa de descanso.

O crítico concordou em silêncio, despediu-se de ambos e saiu. Quantas outras pessoas teriam passado pelo que estava passando? Perguntava-se. Segundo Guerrieri, poucos privilegiados haviam visto o filme completo. Privilegiados? Devia estar enlouquecendo, pensou. A vontade de presenciar outra vez a exibição daquelas imagens perturbadoras aumentava segundo após segundo. Desceu os degraus da escada e chegou à rua. Uma rajada de vento o atingiu. No entanto, mesmo com o clima frio, sentia calor. Um calor sufocante.

Antes de voltar ao carro, parou em um pequeno bar. Pediu um copo de vinho ao garçom e ficou sentado, olhando o movimento através da janela. Em seguida, passou a fitar o líquido avermelhado no copo. Parecia sangue. Não o sangue falso de cor brilhante, como naqueles velhos filmes de vampiro. Parecia real.

Procurou não pensar absurdos. Saiu do bar e entrou no carro. Deu partida no motor, mas não seguiu para casa. Não tinha cabeça para descansar. Vagou por meia hora até decidir parar em um cinema que exibia sessões duplas após a meia-noite. A segunda atração da madrugada estava para iniciar. Era uma produção modesta, porém eficiente, na qual um médico e sua esposa viajavam para uma pequena cidade litorânea e enfrentavam problemas com o estranho culto local.

O crítico conseguiu descansar por alguns minutos. Após o término da sessão, foi obrigado a ter de encarar a rua outra vez. A luminosidade dos neons trouxe de volta as imagens do filme de Guerrieri ao seu pensamento. Desesperado, gritou no meio da avenida:

– Quando isso vai acabar?

Um bêbado que vagava pela noite o olhou desconfiado. O crítico tentou se recompor e apressou o passo até o carro.

Deitou a cabeça sobre o volante. As pequenas luzes do painel dançavam diante de seus olhos. Não podia mais suportar aquela agonia. Desconsolado, caiu em prantos. As lágrimas trouxeram um alívio inesperado e o crítico sucumbiu ao cansaço.

Dormiu por cerca de quarenta e cinco minutos, envolto em sonhos turbulentos. Acordou de súbito, sentindo dores pelo corpo inteiro. Sequer teve tempo de pensar no que estava fazendo na rua àquela hora, pois o filme tomou seus pensamentos de assalto. Sem pensar duas vezes, ligou o carro e pisou fundo no acelerador.

Cego pela compulsão de assistir ao filme mais uma vez, o crítico correu em direção ao antigo edifício na *Via della Strega*, onde Guerrieri vivia. Por pouco não causou diversos acidentes de trânsito pelas ruas onde passou. Ignorou semáforos, sinais e cruzamentos. A única imagem que via em sua frente era a do filme maldito. Em poucos minutos, chegou ao destino desejado com ardor. O crítico atravessou a rua, seus passos eram rápidos e nervosos. O corpo tremia por completo e suava em abundância. Apertou o botão do interfone e aguardou. A voz confusa do cineasta surgiu da parede:

– Quem está aí?

– Guerrieri, preciso ver o filme – disse o crítico sem rodeios.

– Você deve estar brincando, cara! Como você tem coragem de aparecer aqui a essa hora?

– Eu preciso, Guerrieri. Você sabe do que estou falando, você tem que entender.

Não houve outra resposta além do baque surdo provocado pelo fim da ligação. O término abrupto da conversa transtornou o crítico. Ele não sabia mais o que fazer, tinha uma sede que não conseguia saciar. Sentou-se no meio-fio da calçada e olhou melancolicamente para o edifício. A construção sorria iluminada pelas luzes noturnas. Acalmou-se por um instante. Cada janela era um fotograma. Cada vinte e quatro janelas, um segundo de cena. Podia até mesmo imaginá-las no jogo de luz e sombra da madrugada. Então, as pequenas cenas idealizadas transformaram-se em lembranças, formando sequências que vira no filme.

O crítico levantou da calçada e passou a circundar o prédio. Secava o suor das mãos no casaco cinzento. Já havia dado duas voltas completas no edifício, que ocupava toda uma quadra, quando observou um carro entrando pela garagem traseira. Aproveitou a breve demora do portão elétrico e esgueirou-se para dentro. Deixou que o homem do carro sumisse para seguir adiante. Em silêncio, caminhou até o corredor. Teve a ideia de usar a escada de incêndio para não correr o risco de cruzar com alguém. As luzes estavam apagadas. O crítico não considerou isso um problema e desapareceu em meio às trevas.

Guerrieri foi encontrado morto na manhã do dia 13 de dezembro. A polícia, após breve investigação, concluiu tratar-se de latrocínio, embora não tenha descoberto o culpado. Ninguém soube dizer exatamente o que foi levado do sombrio apartamento do cineasta, pois poucos tinham acesso à sua intimidade. Seu último trabalho, que já provocava comentários peculiares nos bastidores do meio cinematográfico, nunca estreou.

Eu ainda estou aqui

E, em vez de achar a luz
que os Céus inflama,
Somente achei moléculas de lama
E a mosca alegre da putrefação!
Augusto dos Anjos, 1912

Rec/Play

31 de outubro – Decidi começar a fazer gravações porque sou o único do meu grupo que não está doente. Se nenhum de nós sobreviver à crise, essas fitas poderão ser uma boa ajuda para tentar entender o

que aconteceu. Como os meios de comunicação estão prejudicados, este gravador portátil à pilha é a melhor opção para um diário. A TV saiu do ar na última semana, há histeria em massa nas ruas. Grandes fogueiras de cadáveres. O mundo está morrendo. E não sabemos o porquê.

Stop/ Rew/ Play
"O mundo está morrendo. E não sabemos o porquê.
3 de novembro – O fornecimento de energia elétrica acabou há alguns dias. A primeira noite de escuridão foi a mais difícil. Os únicos sons no ar eram os gritos de desespero vindos da rua. Alguns companheiros choraram. Aqui no abrigo, o gerador de eletricidade ajuda a amenizar a ideia de que as coisas estão cada vez mais graves. Agora não somos muitos. Se no início usávamos máscaras de gás por temer uma doença transmitida pelo ar (ou talvez um ataque bacteriológico?), hoje elas também ajudam a suportar o cheiro. O cheiro dos incêndios e das mortes.

10 de novembro – Chegaram as últimas mensagens por rádio. A situação é desoladora em todas as unidades de resistência. Depois disso, silêncio total. Aqui, só restam quatro de nós. Eu ainda não estou doente. Os distúrbios nas ruas cessaram. Parece que não há mais ninguém lá fora. Quando os suprimentos acabarem, vou ter que sair. Estamos todos muito cansados, não sei mais quanto tempo os outros irão aguentar.

12 de novembro – Meus companheiros estranham o fato de eu não ter adoecido ainda. Infelizmente, não temos como analisar isso. O que há de errado (ou de especial) comigo? Sou o responsável pela maior parte das atividades e tenho controle sobre todas as decisões. Especulações quanto a minha saúde surgem a todo o instante. Sempre fui normal, tive todas as doenças comuns na infância... Alguns pensam que eu estou fingindo estar bem para dar coragem a eles. Pode

parecer loucura, mas o fato de eu não estar doente me deixa apavorado.

15 de novembro – O começo de tudo não para de me atormentar. Parecia algo insignificante, daquelas notícias que você nem presta atenção quando exibidas nos telejornais. Uma doença misteriosa em algum lugar pobre e remoto. Mas, em algumas semanas, tudo começou a mudar. O número de vítimas subiu assustadoramente. Depois, o mal se espalhou por outros países. Em pouco tempo, aeroportos ao redor de todo o mundo estavam fechados para conter o avanço da praga. As fronteiras foram fechadas também, mas não adiantou. Os cientistas não conseguiram nem ao menos identificar o causador dessa tragédia gigantesca. Foram criados os grupos de resistência... Ah, droga... Mais um amigo morreu hoje.

16 de novembro – Especulações. Parece que isso é tudo o que restou. De que adianta agora saber as causas da epidemia? Só o que nos interessa é continuar vivendo. O rádio está calado há vários dias. Nenhum outro grupo de resistência responde. O dia a dia no abrigo é monótono e claustrofóbico. O ar aqui dentro está estranho. Mesmo com a máscara. Ou eu estou imaginando coisas?

19 de novembro – Mais uma morte. Mais um cadáver para a fornalha do abrigo. Levei o corpo sozinho para a cremação, o outro companheiro não tem mais condições de andar. Passei o resto da noite observando as câmeras externas de segurança. Nenhum movimento a não ser o de bandos de cachorros procurando comida. Não tem mais ninguém nas ruas. O silêncio é tão grande que machuca meus ouvidos.

20 de novembro – Estou sozinho. Meu Deus! Estou sozinho!

22 de novembro – Apesar de ainda ter alguns suprimentos, eu preciso sair. Tenho que ver o que restou de tudo. Não posso

mais ficar aqui. Talvez existam outros como eu que não adoeceram. Levo carro e armamento por causa dos animais e, talvez, bandidos e saqueadores. Se ainda houver algum.

23 de novembro – Andei por grande parte da cidade durante horas. Não encontrei ninguém. Recolhi mantimentos em um supermercado cujo gerador ainda funcionava. Há corpos por toda parte. Liguei alto-falantes. Mandei mensagens de rádio. Nada. Nada.

01 de dezembro – Fico pensando se existem outras pessoas na mesma situação que eu. Será que eu deveria sair da cidade? Vou fazer buscas até o fim do mês. Se eu não encontrar ninguém, vou sair daqui. Por que eu sobrevivi? Por quê? Por quê?

15 de dezembro – Já vasculhei mais de metade da cidade. As esperanças diminuem a cada hora.

31 de dezembro – Estou indo embora. Juntei tudo que o preciso em um caminhão. Comida, combustível, armamento. O ano termina hoje. É... Sem fogos de artifício esta noite. Quem sabe um champanhe? Vou comemorar a minha viagem. Será que as estradas vão estar congestionadas no feriadão? Hahahaha!

07 de janeiro – A natureza já começou a tomar de volta o seu espaço. Vegetação cresce nas ruas, nos prédios. Matilhas correm livremente, caçando. Fui atacado por uma ontem. Tive que matar vários deles. Quase fui mordido. Tenho que ter cuidado, um ferimento desse tipo pode causar sérios problemas. Mas e daí? Porra, quem se importa? Eu já vivo em um cemitério mesmo.

28 de janeiro – Não preciso da máscara, mas não consigo andar sem ela. Tenho medo. Estou tão acostumado com ela

que é como se a tivesse usado toda a vida. O meu reflexo nem parece humano. Esta é a terceira cidade que visito deste que saí da base do grupo de resistência. Continuo a rotina de caça de suprimentos, envio de mensagens e desesperança no fim do dia. Cada noite que passa me enche mais de terror.

15 de abril – Às vezes, parece engraçado. Não vejo uma pessoa viva há meses. O último a sair apaga a luz. O último paga a conta. Não sei quem veio primeiro, se o ovo ou a galinha. Só sei que o último a ir serei eu. Sou um fantasma. Algumas vezes, penso que já morri. Mas tenho que continuar. Continuar? Nunca tive família. Sempre fui sozinho. Por que eu deveria me preocupar com isso agora?

22 de junho – Acho que nunca alguém vai ouvir essas gravações. Continuo apenas para ouvir o som da minha própria voz.

13 de agosto – Blá, blá, blá... Vamos ler o jornal. Olha isso! Só notícias velhas.

02 de outubro – Quase um ano sem nenhuma pessoa por perto. Essa festa promete!

31 de outubro – Eu não... Deus... Ah, meu... Droga, droga, droga.

20 de dezembro – Lembro de conversas embriagadas com amigos nos velhos tempos. Depois de muitas bebidas, surgiam questões "filosóficas" como "Se uma árvore cai no meio da selva sem ninguém por perto, ela faz algum som?". Eu costumava dizer "Claro, o barulho é uma reação física, não importa se tem alguém pra ouvir ou não". Hoje, não há mais ouvidos para ouvir as músicas, não há mais olhos para assistir aos filmes. Há somente eu. Deus existe? Eu costumava pensar que Deus existia devido à fé das pessoas, e não o

contrário. Será que é isso? Deus morreu junto com todos, ou todos morreram junto com Deus? Mas eu estou aqui. Eu sou o Deus do mundo morto. Sou eu que os animais temem quando veem uma figura humana, que já não é mais familiar. Todos os sons e imagens do universo são meus. Só meus.

24 de dezembro – Nessa madrugada, costumávamos comemorar o nascimento do Teu filho! Onde é que vocês estão agora? Onde?!

31 de dezembro – Vejo nos letreiros de um cinema antigo uma frase ditada pelo pavor e pelo fim da esperança. Lá está escrita, no lugar onde, na época em que existiam pessoas, ficavam os títulos dos filmes, a frase: "O fim do mundo chegou!". Não. O mundo não acabou. Eu ainda estou aqui.

Pela Toca do Coelho

É no cair da tarde que a sensação de horror fica mais forte, quando a hora em que o espetáculo maldito aconteceu se aproxima. Sou culpado. Deixei o demônio escapar. Por mais que às vezes tente me convencer do contrário, não consigo entregar a responsabilidade a outra pessoa. Nem mesmo ao Dr. Botelho, que possibilitou a encenação.

Durante vinte e cinco anos de carreira na polícia, nunca vi um homem que me causasse tanto pavor. Bem, se é que posso chamar aquela criatura de homem. Ninguém jamais descobriu seu nome, sua origem. Desde criança, ele raspava a pele da ponta dos dedos, arruinando as digitais. Em determinada idade, removeu sozinho todos os dentes. Exames de DNA não revelaram nenhum parentesco conhecido nos bancos de dados. Ficava calado durante horas e horas de interrogatórios, mesmo quando meus colegas passavam dos limites e o torturavam. Corrijo: nem sempre ficava calado, às vezes ele ria.

Como se não fosse suficiente, ele tatuou no próprio rosto uma máscara de palhaço triste. Talvez fosse isso o que mais me amedrontava. Sempre odiei palhaços. Quando criança, chorava ao ver algum pela rua ou em uma festa qualquer. Esse medo me acompanhou durante toda a vida. Tornou-se mais forte depois que o conheci.

Acredita-se que este palhaço triste tenha assassinado diversas pessoas, crianças, em especial. Digo acredita-se porque não há nenhuma prova disso. Não fosse sua prisão em flagrante há seis anos, talvez nunca tivéssemos ficado sabendo de sua existência. Seria apenas uma lenda urbana. Ainda tenho dificuldade em acreditar que ele existe.

Como disse, anos atrás ele foi preso logo após ter sequestrado um menino que saía da escola. Ele atraiu a criança com balões e doces. Uma mulher, por milagre, testemunhou a cena. Agimos rápido, mas não conseguimos salvar a vítima. Quando o encontramos, o palhaço havia acabado de matá-lo. Não quero lembrar como. O maior desejo de minha vida é apagar essa memória. Sim, fui o oficial que efetuou a prisão.

O rastro do assassino nos levou a uma casa velha perto do rio. Quando a mulher viu o rapto, logo achou um policial militar que patrulhava a área. Enquanto buscava o criminoso, fomos avisados pelo rádio. Tudo muito fácil, na verdade. Chego a me perguntar se a intenção do palhaço não era mesmo a de ser capturado.

As viaturas se encontraram na frente da casa. Cercamos o local e tentamos espiar seu interior. Chutei a porta da frente e entrei, arma em punho. Vasculhamos peça a peça, até encontrá-lo na cozinha.

A cena que vi quase me fez perder a cabeça. Tive que me controlar para não o matar ali mesmo. Percorro cada segundo daquele dia em minha mente, não tenho ideia de quantas vezes desejei ter puxado o gatilho.

Com uma força de vontade que nunca mais senti, apontei a arma para o rosto tatuado (naquele momento, julguei que fosse uma pintura comum) e dei voz de prisão. Minhas mãos tremiam, mas tentei fingir não estar abalado. Não se pode demonstrar medo a um criminoso. Para minha surpresa, e dos outros policiais, o palhaço não esboçou nenhuma reação.

Outros cinco homens o cercaram e, já que ele não portava arma, foi dominado com facilidade. Coloquei as algemas nele e senti um arrepio na espinha ao tocar sua pele. Um dos policiais, estarrecido com o cenário, começou a chutá-lo. Nem mesmo assim ele disse algo.

Na delegacia, o silêncio continuou. O caso e a excentricidade do criminoso tiveram repercussão nacional. Por todo o país, relatos de raptos e assassinatos envolvendo palhaços começaram a aparecer. Histeria coletiva, pensei à época. Hoje, tenho minhas dúvidas.

O sistema judiciário mal sabia o que fazer com ele. Como julgar alguém que não existe oficialmente? O defensor público designado para o caso também não tirou uma palavra dele, embora, aparentemente, não houvesse impedimento físico para que falasse, como exames atestaram. O defensor alegou insanidade.

O palhaço foi confinado no Instituto Psiquiátrico Forense, sob os cuidados do Dr. Botelho. Assim ele passou cinco anos: sem dizer uma palavra, movimentando-se muito pouco e mudando sua expressão em raríssimas ocasiões.

Neste período, eu o visitei algumas vezes. Ficava observando-o pela janelinha na porta da cela. Sentado sobre a cama, tinha o olhar fixo em algum ponto imaginário no horizonte. Na última vez que o visitei antes da tragédia, pensei tê-lo visto sorrir. Mencionei o ocorrido ao Dr. Botelho, mas ele não demonstrou interesse. Saí de lá com uma sensação ruim pesando sobre meus ombros.

Logo depois, o Dr. Botelho experimentou uma nova terapia com seus pacientes. Inspirado em técnicas usadas no exterior, principalmente na Europa, ele começou a encenar peças teatrais com os internos. O projeto chamou a atenção da sociedade e, em pouco tempo, o Instituto começou a apresentar suas peças para um público selecionado.

A ideia de ter criminosos atuando nas apresentações não me agradou nem um pouco. Tinha a impressão de que apenas uma espécie de curiosidade mórbida movia o público. Talvez um tanto de sadismo também, já que, muitas vezes, o embaraço dos "atores" era evidente. Sadismo... O Marquês de Sade não encenava peças no Asilo de Charenton?

Pelo que foi relatado em depoimentos mais tarde, de uma hora para outra, o palhaço, embora ainda não falasse nada, passou a interagir com o médico. Por meio de sinais e acenos, ele se manifestava, respondia a perguntas. Ele ainda não revelava nada importante, mas o Dr. Botelho pensou que podia fazer algum progresso.

Assim, o palhaço foi incluído nos grupos teatrais. Segundo os testemunhos, ele parecia dócil e colaborativo. Se a notícia de que ele havia recobrado qualquer espécie de consciência tivesse chegado até mim na época, eu teria interferido. Aquele monstro jamais poderia ter convivido com outras pessoas. O lugar dele era numa cela fechada, sem nenhum contato com o mundo.

Porém, só fiquei sabendo quando era tarde demais. Quando o vi no palco.

Numa tarde de agosto, atendi o telefone e ouvi a voz do Dr. Botelho do outro lado. Ele me convidou para assistir a mais nova apresentação no Instituto Psiquiátrico Forense. Seria a melhor produção já encenada por eles, pois as doações de apoiadores do projeto só aumentavam. A obra escolhida foi uma adaptação de *Alice no País das Maravilhas*.

Contrariando meu bom senso, aceitei o convite.

Na noite em que tudo aconteceu, cheguei ao Instituto pouco antes do início da apresentação. Deixei minha arma com os guardas na entrada, como de praxe. No saguão, encontrei o Dr. Botelho. Fui recebido aos sorrisos, ele parecia muito empolgado. Outras pessoas aguardavam ali, e fomos todos juntos até o auditório.

Ao chegarmos, a maior parte das cadeiras já estava ocupada. Era um auditório pequeno, com cerca de cinquenta lugares. Cortinas vermelhas decoravam o palco, e o ambiente até parecia o de um teatro de verdade. Havia médicos e jornalistas no local, além de outros convidados, como eu.

Tomei meu assento e esperei. O Dr. Botelho subiu ao palco e falou alguns minutos sobre o trabalho no Instituto e o projeto teatral. Em seguida, desapareceu entre as cortinas. As luzes se apagaram e a peça começou.

No início, a história parecia seguir bem o livro de Lewis Carroll. Na verdade, não posso afirmar isso com certeza, li a obra há muitos anos e posso não estar lembrando direito. Uma mulher jovem entrou no palco, representando Alice. Usava uma peruca loira e se vestia como a versão mais conhecida dessa história, que é um desenho animado. Um coelho de papel surgiu de trás da cortina, manipulado por alguém do outro lado. A mulher perseguiu o coelho e sumiu no lado direito do palco.

Depois, várias cenas familiares foram encenadas. Reconheci a Lagarta, o Chapeleiro Maluco, entre outros personagens, nas interpretações penosas dos internos. Tive pena deles. Pensei que estavam sendo usados para a promoção pessoal do Dr. Botelho.

Então, Alice foi capturada por homens vestidos com fantasias que representavam cartas do baralho. Neste momento, ele entrou em cena. O palhaço estava personificado como a Rainha de Copas. Meu coração disparou e levantei de meu assento. Algum espectador reclamou atrás de mim. Por instinto, comecei a andar na direção do palco, mas parei. O palhaço estava falando! Uma voz suave, mas estranha, devido à falta de dentes, saiu daquela boca monstruosa.

"Cara plateia, queridos colegas de elenco, prezados doutores, eu sou a morte. A sua morte, porque, como diz minha fala mais famosa: *cortem-lhes a cabeça!*"

Os internos transformados em atores saltaram do palco sobre a plateia. Vi que muitos deles traziam objetos cortantes nas mãos, como as lâminas que os presidiários fazem. Tiros começaram, mas logo os guardas foram vencidos. Um banho de sangue se espalhou pelo auditório.

Alguns internos me atacaram e lutei contra eles. Sofri cortes nos braços, na cabeça e nas costas. Consegui me desvencilhar deles e corri para o palco, depois para os bastidores. Procurava pelo palhaço. Ouvi um tiro e fui na direção do som. Encontrei dois internos lutando com um guarda. O homem deixou sua arma cair e eu a peguei, um revólver calibre .38, como minha arma pessoal. Baleei os dois agressores, mas eles já haviam cortado a garganta do guarda.

Segui em frente, a confusão se espalhara por outras alas do Instituto. Alguém havia soltado alguns presos. Vi guardas correndo para todos os lados, viaturas chegavam. Percebi que já deveriam ter chamado as Operações Especiais.

Policiais militares passaram por mim carregando o Dr. Botelho. O médico gritava e esperneava como louco. Mais tarde, soube que ele ajudou o palhaço a fazer tudo. Botelho ficara fascinado com o monstro, conversou com ele em segredo durante meses. O palhaço se encarregou de manipular e seduzir os outros internos que participavam das encenações. Botelho está na cadeia e, depois de ter confessado os crimes, não diz uma palavra há semanas.

Não acompanhei os PMs, como eles pediram. Continuei seguindo o rastro de destruição. Vi, no pátio, a Rainha de Copas. Corri, mas três internos me pegaram. Consegui derrubar o primeiro com um tiro. Os outros dois me agarraram pela cintura e pelo pescoço. Acertei uma coronhada na testa do que me dava uma gravata. Em seguida, me joguei para trás, esmagando o terceiro. Depois, confesso, e desejo pagar por isso, executei ambos.

Quando percebi, o palhaço estava lá parado diante de mim. Apontei a arma para ele. Todo o desejo de atirar no maldito gritava dentro de mim. Então, a besta riu. Meu braço tremeu, mas, ao contrário do que havia acontecido seis anos atrás, puxei o gatilho. Um estalo patético foi tudo que se ouviu, estava sem balas. Ainda rindo, o palhaço deu a volta e desapareceu.

Agora, o demônio está à solta. E eu sou o culpado. Eu sou o culpado.

Still very cold.
Wadebridge.
Cornwall.

O Relato do Capitão Blackburn

O inspetor Constantino estava acostumado com cadáveres. Disso posso ter certeza. Sua biografia é muito interessante. Durante a Revolução de 1893, quando ainda estava na Brigada Militar, testemunhou tanta barbárie que cenas como a que presenciou naquela manhã de setembro de 1911 não lhe causavam surpresa. As fotos da época mostram os corpos crivados de balas dos quatro criminosos posicionados lado a lado, para a apreciação do público. Imagino o que teria pensado Constantino enquanto a multidão curiosa se aglomerava em torno daquela imagem macabra: *O que será dessa cidade?*

O questionamento do já veterano inspetor de polícia não seria infundado. A cidade de Porto Alegre nunca presenciara um crime como aquele. Ainda no início do dia, quatro criminosos estrangeiros (anarquistas, talvez?) tentaram assaltar uma casa de câmbio bem no centro da cidade. O atendente da casa foi baleado, os bandidos fugiram e houve uma longa perseguição pelas ruas movimentadas do centro e arredores. Esse dia de horror deixou um saldo de cinco mortos e uma aura de insegurança que transformou para sempre a vida na capital riograndense.

Após horas cansativas de trabalho em um dia incomum, o inspetor Constantino voltou para casa e escreveu alguns pensamentos em seu diário: *Minha solidão parece ainda mais melancólica com a aquisição de outra memória desagradável nesta já conturbada existência.*

A julgar pelo material que encontrei, o inspetor era um homem com certo apreço às letras. Escrevia com frequência e, não raro, tecia comentários sobre os livros que lia em suas notas. Ele também não fazia questão de esconder a alma atormentada. Na noite seguinte ao assalto na Rua da Praia, ele teve um pesadelo que o levou de volta aos tempos de guerra: *Os prisioneiros, ajoelhados e com as mãos amarradas às costas, formavam uma longa fila ao longo da margem de um riacho. De pé ao redor deles, os soldados da brigada riam e despejavam ofensas sobre os inimigos sobrepujados. O sol feria os olhos e todos os homens não passavam de vultos sombrios contra a forte luz matinal. A ordem para executar os inimigos veio tão cortante quanto o fio da adaga de prata que eu empunhava. Agarrei o homem ajoelhado à minha frente pelos cabelos e cortei a jugular do coitado, fazendo o sangue esguichar.*

Fico conjecturando como tudo deve ter começado: era meia-noite e uma luz amarelada iluminava o quarto do policial através das frestas da veneziana. O sono parecia insistir em não aparecer. Ele pensou em beber um pouco, porém, o cansaço o impediu de sair da cama. Procurou parar de relembrar o dia que tivera e fitar apenas a escuridão em seus pensamentos. Por fim, adormeceu. Infelizmente, não por muito tempo. Três batidas fortes à porta do quarto acordaram Constantino. O inspetor, indignado, gritou:

– Quem diabos pode ser a esta hora?

Atrás da porta, o agente Oliveira respondeu de imediato:

– Inspetor? Desculpe, mas precisamos do senhor. – A voz do jovem deveria estar trêmula devido aos acontecimentos recentes.

– O que se passa, cabo?

– Encontraram uma moça morta na Cidade Baixa, parece que ela foi atacada. O delegado Flores pediu que o senhor fosse dar uma olhada.

– Já irei com vocês.

Não é difícil concluir que o inspetor jamais teria antecipado o que estava para encontrar. Mesmo com o ineditismo do crime perpetrado no dia anterior, o seu próximo caso seria um dos mais bizarros da crônica policial naquele período.

Pesquisando em uma série de anotações deixadas por fontes diferentes, montei a cena deste modo: A carruagem da polícia deslizava na noite fria de setembro. O som das rodas sobre o paralelepípedo acordava a vizinhança, pouco acostumada a ouvir esse tipo de barulho em uma hora fantasmagórica como aquela. Apesar disso, poucos se arriscaram a olhar pelas janelas. Não demorou muito para que o inspetor chegasse à cena de mais um crime. A primeira coisa que viu foi a luz das velas colocadas ao lado do corpo encoberto por um pano marrom. Quatro pessoas estavam presentes no local: os dois agentes da polícia que atenderam o caso e um casal de ciganos, que encontrou o corpo. Sem perder tempo, o inspetor levantou a mortalha que cobria o cadáver.

– Meu Deus, o que mais falta acontecer nessa cidade?

Mais tarde, o inspetor escreveu: *A visão era dantesca. A garganta estava dilacerada, e grandes cortes, feitos provavelmente à faca, eram claramente visíveis em meio ao sangue. No rosto da vítima, uma expressão de horror capaz de gelar a alma do mais bravo dos homens.*

No boletim de ocorrência remanescente, o depoimento do cigano (do qual não há registro de nome) era sucinto: *Nós estávamos entrando nesta rua com a nossa carroça quando uma velha atravessou correndo a nossa frente. Quase passamos por cima dela. Quando paramos a carroça, nós vimos a moça caída no meio da rua. Eu gritei por socorro e logo o agente apareceu.*

O corpo da jovem foi fotografado e levado para a Santa Casa, onde se deu a autópsia. O agente Oliveira vasculhou a região com vinte homens, segundo relatos. O principal alvo da busca fora a velha citada pelo cigano, que poderia ser uma testemunha mais confiável (não é preciso se referir aos preconceitos da época para com os ciganos).

Não existem referências jornalísticas sobre esta primeira morte. Encontrei a explicação para tal omissão nos cadernos de Constantino: *Disse aos homens para não falar com ninguém dos jornais sobre esta morte. As coisas já estão tensas demais por aqui. Farei o inquérito discretamente e me reportarei apenas ao delegado Flores.*

Visualizo o inspetor lendo o jornal em sua sala, no dia que se seguiu. Obviamente, o assalto extraordinário à casa de câmbio dominava as manchetes. Imagino ainda Constantino momentos antes, durante seu trajeto rumo à chefatura de polícia, notando uma mudança na expressão das pessoas a sua volta. Seria uma mistura de medo e apreensão. *Já não bastava o massacre de ontem, agora temos uma moça morta,* deve ter pensado. Mas, ao ler o jornal, ele não encontrou nenhuma menção ao assassinato da madrugada. E isso o deixou feliz, pois os agentes conseguiram manter o sigilo sobre o caso. Além do mais, *aqueles urubus do jornal estão mais preocupados com o assalto e a politicagem,* ponderou no seu diário horas depois.

Naquele mesmo dia, o inspetor e seus homens foram até a Santa Casa, onde receberam o relatório sobre a morte da moça. Imagino a exclamação dramática de algum dos presentes diante do cadáver mutilado:

– É como se o açougueiro da Rua da Ladeira tivesse voltado.

O que restou do documento sobre a autópsia está pouco legível. Porém, alguns pontos interessantes sobreviveram: a quantidade de sangue presente na cena do crime, somada ao que permanecia no corpo, era inferior à quantidade de sangue que uma pessoa normal possui. Quando um homem morre, o sangue fica "empoçado" em algumas partes do corpo, o que pode ser constatado nas manchas que se criam após o *rigor mortis*. Não havia manchas no cadáver da jovem. Para onde teria ido o sangue ausente? Com certeza ele não evaporou no ar.

Naqueles tempos, a polícia não estava preparada para investigações mais complexas. O flagrante era, em quase todos os casos, o único modo de se capturar um criminoso. Não havia dúvidas de que um tipo diferente de bandido cometera aquele ato, não importando quais fossem os motivos da barbárie.

Pelo que pude perceber, a primeira jovem a ser morta não chegou a ser identificada. Constantino colocou no papel a sua estupefação sobre o assassínio: *Teria sido um namorado ciumento, um marido traído? Não seria a primeira vez que acontece. Todavia, a brutalidade do feito e a drenagem do sangue da vítima me levam a crer que há algo mais do que ódio neste caso.*

O policial continuou o texto com algumas suposições: *O Sr. Montaury modernizou a cidade durante os seus mais de dez anos como intendente. Era natural que Porto Alegre crescesse e começasse a enfrentar este tipo de problema. Felizmente, o presidente do estado está mais preocupado com as implicações políticas do assalto na Rua da Praia, investigado pelo delegado Flores. Sou o único responsável pelo caso da moça.*

Para surpresa do inspetor e de toda a cidade, quatro outras moças foram encontradas mortas nas mesmas circunstâncias da vítima da Cidade Baixa durante a semana subsequente. Depois disso, a discrição que Constantino desejava tornou-se impossível. O medo mais uma vez tomou conta da população. A documentação jornalística deste período é farta. As notícias compõem-se de poucas matérias sóbrias e muitas outras que transbordam de absurdos, o que deve ter irado o inspetor. Penso que ele tenha falado, aos berros, para o agente Oliveira:

– Mas o que significa isso? Estão falando até de lobisomens neste jornal. A cidade já está em pânico e ainda temos que lidar com sensacionalismo.

– Os padres devem estar gostando, as igrejas estão lotadas. – O agente pode ter respondido. – O número de batizados aumentou também. Dizem que os monstros atacam as crianças que ainda são pagãs.

Como era comum à época, os acontecimentos grotescos geraram um sem número de especulações sobrenaturais, que hoje seriam motivo de piada. É claro que nem todos acreditavam em tais declarações, mas isso não ajudava a reduzir o pânico vivido na comunidade.

As quatro vítimas que deram início à calamidade foram reconhecidas, ao contrário da primeira. Todas elas pertenciam a famílias pobres e mais suscetíveis a superstições. Logo os boatos se espalharam, levando ao conhecimento da polícia todo o tipo de acontecimento insignificante, transformado em mistério pela ignorância. Por outro lado, os crimes também atraíram adeptos do pensamento racional.

Um fato curioso do inquérito é a participação de certo professor Biglia, da faculdade de Medicina. Interessado nos assassinatos, ele mandou uma mensagem para a chefatura de polícia dizendo ter informações que poderiam ser de alguma serventia. O professor era um homem extravagante e apreciador de novas tecnologias. Ele inclusive gravou a conversa que manteve com Constantino em um fonógrafo

Edison. Infelizmente, a gravação se perdeu. Porém, há uma transcrição de parte dela nos arquivos do professor:

– Inspetor Constantino, que bom ver que o senhor atendeu ao meu pedido.

– Posso dizer que fiquei muito curioso com a sua mensagem.

– Verá que não perdeu o seu tempo vindo aqui.

– E então, o que o senhor tem a me dizer?

– Em primeiro lugar, eu gostaria que o senhor mantivesse sua mente aberta. Talvez minha história soe um tanto fantástica. O senhor é religioso?

– Não muito.

– Ótimo. Como o senhor talvez já tenha ouvido falar, eu viajei pela Europa durante muitos anos, estudando medicina. Paralelamente aos meus estudos, eu fiquei fascinado pelas superstições que abundam nas comunidades mais interioranas de lá. Portanto, iniciei uma vasta pesquisa a respeito do sobrenatural: bruxarias, demônios, lobisomens e aparições...

– Por acaso o senhor está dizendo que os rumores dos jornais são verdadeiros?

– Não necessariamente. Não digo que estas coisas existam em nosso mundo. Mas existem monstros reais por aí, inspetor. Monstros que habitam as mentes de pessoas tão reais quanto eu ou o senhor.

– O que isso quer dizer?

–Doenças mentais, inspetor. Como a licantropia, enfermidade na qual o doente pensa e age como lobo. Geralmente cometendo as terríveis atrocidades que os lobos cometem. Alguém afetado por um ambiente repleto de histeria supersticiosa, ou fanatismo religioso, poderia desenvolver esses sintomas. O senhor decerto já deve ter ouvido a lenda do sétimo filho, irmão mais jovem de seis mulheres.

– Sim, eu conheço esta lenda.

– Ela existe dos dois lados do Atlântico. Veja bem: uma pessoa que cresceu nestas circunstâncias, em uma

comunidade que acredita de verdade em algo assim, tem grandes chances de ser acometido por problemas mentais. Se você cresce pensando que é amaldiçoado, você se ternará amaldiçoado.

As notas de Constantino fazem referência a uma longa e infrutífera busca por pessoas de comportamento estranho e possíveis doentes mentais. O sanatório São Pedro não registrou nenhuma fuga de internos perigosos. Estas mesmas notas são permeadas por narrações de pesadelos terríveis, ao ponto de me fazer suspeitar de que o inspetor estivesse usando drogas como a morfina ou ópio durante aqueles dias.

Embora nada de novo aparecesse ao longo de semanas, o caso repercutiu em todo o país e além. Estrangeiros que visitavam a cidade durante aqueles dias levaram a notícia para o exterior, como já havia acontecido com os crimes infames da Rua do Arvoredo, em 1864. É nesse ínterim que se encaixa a descoberta mais formidável de minha pesquisa: uma carta vinda da Inglaterra, endereçada à chefatura de polícia de Porto Alegre, que chegou no início de 1912. O autor da mensagem se chamava Capitão Richard Blackburn, e este narrou sua experiência com feitio quase artístico. Anexada à carta amarelada e ao recorte de jornal, citado no texto a seguir, está a tradução realizada pelo professor Biglia:

Caro Inspetor Constantino,

A notícia dos assombrosos crimes acontecidos em sua pequena cidade no sul do Brasil – cuja brutalidade pode ser igualada apenas por nosso *Jack the Ripper* – chegou ao meu conhecimento por meio de uma pequena nota no *Illustrated London News*. Não sou um homem supersticioso, tampouco um crédulo. Porém, os fatos narrados naquelas páginas, especialmente a ausência de sangue nos corpos das vítimas, me levam a crer que sua cidade esteja sendo vítima de algo inominável e sobrenatural. Decidi rever meus diários para lhe apresentar da melhor forma possível a extraordinária história da qual fiz parte.

Há cerca de vinte anos, eu realizava minhas primeiras viagens como capitão do navio *Lemora*. Eu visitava as Américas constantemente, levando e trazendo cargas das mais variadas. Certo dia, recebi uma carta muito estranha que, no entanto, oferecia ótimo pagamento. Mal consigo lhe dizer o quanto me arrependo de ter realizado tal serviço. Dos meus escritos da época e de minha memória, ofereço este relato pesaroso, na esperança de que isso possa ajudar em sua investigação.

Red Fork, Inglaterra. Dezembro de 1890:

Era uma manhã fria e chuvosa do inverno britânico, e espessas nuvens negras cobriam o céu, a ponto de fazer o dia parecer noite. Uma pequena procissão avançava lentamente rumo ao porto. Seis senhores vestidos de preto, que caminhavam à frente do grupo, carregavam um caixão de metal. Apenas dois sons podiam ser ouvidos naquela triste manhã: o barulho das gotas de chuva ao atingirem o caixão metálico e o choro incansável de um menino, carregado nos braços de uma senhora que acompanhava o cortejo fúnebre.

A criança loira, de cerca de um ano de idade, não poderia ter ideia do que se passava à sua volta. Mas as figuras sombrias que se faziam presentes e o tempo hostil foram suficientes para que ela começasse a chorar. Somente quando o grupo chegou à plataforma de embarque do meu navio é que o menino foi acalmado por uma voz suave, que sussurrava uma canção ao seu ouvido.

O silêncio então era quase completo, pois a chuva agora estava tão fina que já não causava incômodo. Assim, o caixão foi colocado aos pés da mulher que carregava a criança. Um dos homens que o conduzia dirigiu-se à mulher:

– É o momento, senhora.

Uma lágrima escorreu pelo rosto da mulher com a criança.

Ela engoliu em seco e as palavras não saíram de sua garganta. O padre, que estava ao seu lado, exclamou:

– Precisamos fazer isso, senhora. Precisamos salvar a alma dela antes que seja tarde demais.

– Não – gritou a mulher que, deixando a criança de lado, atirou-se sobre o caixão chorando convulsivamente.

Foram necessários três homens para afastar a senhora do frio ataúde de metal. Enquanto ela era levada para longe, ainda em prantos, os outros homens se olharam e, com um sinal de aprovação do padre, souberam o que deveria ser feito. Com ferramentas grosseiras, eles começaram a abrir o caixão. Um dos homens, demonstrando grande ansiedade em seu rosto coberto por barba branca, segurava um martelo e um pedaço de madeira pontiagudo. Seu coração devia estar batendo rapidamente ao pensar na macabra tarefa que ele estava para cumprir.

Porém, algo interrompeu o trabalho. Com estrondos assustadores, os trovões anunciaram a volta da chuva forte. O céu ficou ainda mais escuro, enchendo de medo o semblante daqueles homens. Um dos homens que abria o caixão levantou-se e disse:

– Olhem essa escuridão! Como vamos fazer isso?

O velho com o martelo concordou:

– Não podemos arriscar nossas vidas assim, está escuro como noite. Ela pode...

– Cale-se! – Gritou o padre. – Ela está morta.

– Pois eu não arrisco o meu pescoço, padre!

Ao ouvir aquelas recusas, o padre fez o sinal da cruz e pensou por alguns instantes. Todos temiam abrir o caixão. Um grito lancinante, vindo do interior da mórbida caixa, gelou a alma de todos os presentes. Algumas pessoas correram, outras caíram de joelhos rezando freneticamente. Em instantes, o grito transformou-se em um choro histérico. Nada no mundo faria aqueles homens cumprirem sua missão.

A chuva e os trovões continuavam com sua fúria. Então, o cansado sacerdote sentenciou:

– Tragam correntes, as mais fortes que encontrarem. Vamos selar esse demônio para sempre. Que Deus nos perdoe. Que Deus me perdoe por não conseguir salvar essa menina.

E assim foi feito. Em pouco tempo, o caixão estava completamente lacrado, como se guardasse um tesouro inestimável. A inusitada carga foi embarcada em meu navio sob o olhar curioso e espantado da tripulação. Mas os marinheiros estavam sendo muito bem pagos e era preciso mais do que um caixão para realmente assustar experientes homens do mar. A procissão fúnebre deixou o porto para trás, enquanto eu os observava à distância. Quando eles desapareceram de minha vista, abri a carta cheia de moedas de ouro, que havia recebido no dia anterior, com as instruções do carregamento e os fatos por trás daquela cena.

O caixão pertencia a uma jovem da aristocracia, cujo nome e família me foram omitidos. Ainda muito jovem, apenas dezoito anos, a moça conheceu o homem que arruinou a sua vida. Ele era um estrangeiro, um príncipe do leste europeu. Frequentava a casa dela e todas as festas da nobreza. Era muito sedutor. Apesar da origem nobre, não encontrava boa aceitação por alguns membros da sociedade, pois possuía certos hábitos estranhos. A jovem se deixou seduzir por seus encantos e logo descobriu estar grávida. A família a trancou em uma torre, pois era preciso esconder tamanha vergonha. O príncipe desapareceu e nunca mais se ouviu falar dele. Pouco após o nascimento da criança, ela veio a adoecer. Sua pele, embranquecida como a de um cadáver, ficou extremamente sensível à luz. E o pior de tudo, começou a sentir uma sede indescritível, uma vontade profana de beber sangue. Ela passou a atacar ratos e outros animais para sorver-lhes a essência vital. Seu comportamento era errático e violento. Por fim, a agora irreconhecível donzela matou uma empregada da casa. A família da pobre menina estava apavorada e não sabia mais o que fazer. Todos tinham medo. Então, o padre decidiu que se tratava de uma filha do demônio e deveria morrer. Mas não poderia ser enterrada em solo sagrado, e preferivelmente longe da Inglaterra. Assim aquele circo macabro que presenciei foi montado. O dinheiro me impediu de pensar claramente. Jamais imaginei as consequências que aquele dia poderia ter.

Quando o tempo melhorou, o navio zarpou rumo à América do Sul. Nenhum som fora ouvido do ataúde de metal durante a viagem. Meu imediato, homem de grandes escrúpulos, dizia que éramos cúmplices de assassinato. Não dei ouvidos a ele. Após algumas semanas no mar, entreguei a maldita carga ao seu destino e acompanhei o seu sepultamento na bela cidade que hoje é estremecida por mortes sanguinárias.

May the Lord be with you.
Captain Richard Blackburn
London, november 20th, 1911.

Sinto um arrepio na espinha toda vez que coloco os olhos sobre esta carta. Concebo as tramas mais fantásticas baseadas neste relato. Em devaneios febris, penso que a criança loira descrita na carta era o filho da ocupante do ataúde. Imagino que, já na idade adulta, ele viajou até aqui à procura do túmulo da mãe, e assim libertou o demônio novamente em nosso mundo.

Qual teria sido o impacto desta narrativa nos corações e mentes dos investigadores? Não encontrei menção à carta do Capitão Blackburn nas anotações de Constantino. É como se o inquérito tivesse terminado no exato dia em que o pacote vindo do outro lado do mar chegou. Estaria Constantino, e as demais autoridades, escondendo alguma coisa? Eles tentaram abafar o caso no início, o que não foi possível. Teria o assassinato das cinco jovens encontrado algum desfecho?

Não consegui encontrar uma resposta para essa pergunta. Vasculhei todos os cemitérios mais antigos da cidade em busca de tumbas datadas de 1890. Curiosamente, deparei-me com uma lápide do ano em questão que exibia o nome Edowes. O capitão britânico mencionara que o nome da mulher no caixão de metal lhe fora omitido. Portanto, se esta for a sepultura da carta, o nome pode ser fictício. Como não descobri absolutamente nada sobre o nome Edowes, minha teoria não é de todo absurda.

Apenas na fantasia é possível dar um ponto final a este caso estranho. Idealizo o inspetor seguindo pistas que o levam a um inglês misterioso, o jovial Jocelyn Edowes, filho da mulher sepultada vinte e um anos antes dos crimes. O homem responsável por trazer o monstro de volta ao meio dos vivos. Este seria o fim ideal para a história:

A casa parecia saída de um pesadelo. Era um sobrado já antigo e malconservado. Sua distância da cidade provocava um silêncio sepulcral. Com a voz baixa, o inspetor Constantino mandou o cabo Oliveira e os outros dois agentes avançarem pela parte traseira da casa. Atravessando com calma o jardim frontal, o inspetor dirigiu-se à imensa porta de madeira escura. Para sua surpresa, a porta estava aberta. *Uma ratoeira*, teria pensado Constantino. Ao entrar no prédio, empunhou o revólver *Colt*. Os passos do policial eram firmes, porém silenciosos. Não havia nenhum sinal do inglês. Logo ele avistou o cabo Oliveira, que entrara pelos fundos. Com um aceno mútuo, os dois começaram a andar lado a lado em um corredor estreito. Neste instante, ambos ouviram um ruído vindo do assoalho.

– Inspetor, parece que ele está aqui embaixo – disse o cabo. Seu coração disparando pelo medo.

– Fique parado, silêncio.

Com essas palavras, o inspetor abaixou-se lentamente, tentando enxergar pelas frestas do piso. Mesmo com a escuridão daquele sótão, era possível identificar uma figura humana sentada contra a parede. Com muita atenção, ele conseguiu ouvir sua respiração ofegante.

– É uma... – As palavras de Constantino são interrompidas de súbito por um grito assustador. Paralisado, o cabo Oliveira é atingido no pescoço por um golpe certeiro. O sangue esguicha, atingindo o rosto e os olhos do inspetor. Ele atira por instinto, sem acertar o alvo. Com a visão clareando um pouco, ele vê o inglês avançando com um imenso machado em punho, pronto para outro golpe. Sem tempo para erguer a arma, o inspetor consegue apenas desviar do ataque direcionado a ele. O machado do inglês crava-se na madeira e, impossibilitado de tirá-lo de lá, ele salta sobre Constantino, que deixa cair o *Colt*. A luta é feroz e o inglês parece possuído. Seus olhos estão vermelhos de ódio e ele começa a ganir como um cão ferido. Usando toda a sua força, o inspetor Constantino consegue empurrar o homem enlouquecido e corre para tentar pegar sua arma. Contudo, o inglês consegue segurá-lo pelo pé. O piso de madeira carcomida acaba por ceder devido à violência do embate. Apenas Constantino é engolido pelo buraco.

Recompondo-se, o inspetor sente que pode ter quebrado seu braço direito. Uma dor lancinante vem de sua perna, atravessada por um pedaço de madeira. Entretanto, os ferimentos não são sua maior preocupação. O facho de luz que entra pelo buraco do qual caiu ilumina os cadáveres de seus dois soldados: as gargantas estão rasgadas e os olhos abertos em uma expressão de horror. O silêncio é quebrado por uma respiração tensa e um soluçar melancólico. Uma criatura se aproxima do inspetor caído, mas para diante do facho de luz. Isso é suficiente para o inspetor ficar aterrorizado com o que vê: a criatura era uma mulher de idade indefinível, com a pele branca como cera. Os vasos sanguíneos dela podiam ser vistos através da pele asquerosa, quase transparente. Cabelos brancos, olhos fundos e escuros, a boca cheia de feridas e ainda suja de sangue. Demonstrando certo esforço, ela tentou falar:

– *My son, my son...*

– Senhora Edowes? – Perguntou o inspetor. Ao ouvir o

nome, a criatura afastou-se como se estivesse envergonhada. Neste instante, uma porta se abre no porão infernal. Por ela entra o inglês Jocelyn Edowes, arrastando o corpo do pobre cabo Oliveira.

– Parece que o senhor veio ao lugar certo, inspetor. *Look mother, it seems that you will not need to leave the house for a while.*

Enquanto ouve a voz insana de Edowes, o inspetor olha ao seu redor, procurando algo para usar como arma. Ele visualiza um pedaço de madeira pontiaguda próximo ao corpo de um dos agentes. Enfrentando a dor angustiante, ele aproveita um segundo de distração de seu algoz e agarra o monstro humano que estava aprisionado no porão, apontando o pedaço de madeira para o seu pescoço. Ao ver a mãe capturada, o inglês entra em um estado de histeria, proferindo insultos em seu idioma natal.

– Afaste-se! – Gritou o inspetor. – Eu irei sair daqui com ela.

– Canalha, covarde, *bloody son of a whore.*

Edowes olhava de um lado para o outro freneticamente, dando pequenos passos nervosos. Falava de forma ininteligível e bufava de ódio. Constantino segurava a mulher estranha, que não oferecia muita resistência. Seu cheiro era insuportável, uma mistura de mofo e fezes. O inspetor já não sabia o quanto daquela situação ele iria aguentar antes de sucumbir à dor e ao cansaço. Assim, ele insistiu:

– Saia do meu caminho. Estou avisando!

Sem conseguir pensar claramente, o inglês sai correndo do porão. Era a chance que Constantino precisava: ele joga a mulher para o lado e, juntando suas forças, pula para a borda do buraco por onde havia caído. A dor no seu braço é terrível, mas ele não emite nenhum som para não denunciar seu movimento. Já na sala, o inspetor procura pela arma perdida na luta. Sua busca é interrompida por um tiro que quase o acerta a cabeça. Fugindo da mira do inglês, ele entra na cozinha, nos fundos da casa. Infelizmente, a peça não tem nenhuma porta e as janelas são gradeadas. Acuado como um animal caçado, ele se esconde atrás de um balcão. Um objeto caído embaixo da mesa à sua frente captura o seu olhar: o cano de uma arma pode ser visto sob a toalha que vai até o chão. *Deve ser a arma de um dos agentes que o maldito não viu cair ali.* Neste instante, ele ouve os passos do inglês no corredor. O homem para diante da porta da cozinha e observa o ambiente. Era como se pudesse farejar o inimigo.

Escondido atrás de um balcão, o inspetor tenta calcular seus próximos movimentos, pois ele começa a imaginar que seu algoz o descobriu devido a sua insistência à porta. O silêncio da sala é tão grande que Constantino consegue ouvir os batimentos cardíacos do inglês. Seguindo seu instinto, o monstro britânico dá dois passos para dentro da cozinha. *Estou encurralado, chegou a minha hora* – imagino que o policial tenha pensado à beira do desespero. Então ele é impulsionado por um pensamento cheio de cólera: *Mas não irei sozinho* – e salta para agarrar a arma. Com o movimento brusco, o inglês atira, acertando sem gravidade o ombro do policial. Apenas alguns segundos são necessários para o inspetor Constantino apontar sua arma e disparar.

Sua primeira visão ao acordar foi a de uma sala oniricamente branca. À sua volta, duas enfermeiras, alguns guardas e o delegado Flores. Mal lembrava de como chegara ali. Sua última memória clara era a de ter visto Jocelyn Edowes agonizando, afogado no próprio sangue, depois de ser atingido por uma bala no pescoço. Lembrava vagamente de ter se arrastado para fora daquela casa dos horrores. Alguém deve ter passado e avisado a chefatura. Não lhe interessava a conversa do delegado. Agradecimentos e outras coisas do tipo. Só pensava em voltar à sua sala, queria falar com a velha senhora Edowes, que, segundo seus homens, fora recolhida ao Hospital São Pedro.

Alguns dias depois, já quase recuperado, o inspetor visitou o hospital onde a mulher estava confinada em uma cela escura. Segundo os médicos, sua pele tinha grande sensibilidade à luz e a exposição ao sol poderia deixá-la com queimaduras terríveis. A criatura também parecia estar sofrendo de anemia. Então, ela confirmou a história relatada pelo Capitão Blackburn com a tradução simultânea do professor Biglia. Por fim, eu gostaria de imaginar uma cerimônia fúnebre, em que a senhora Edowes, após encontrar a paz com uma estaca no coração, seria sepultada junto ao filho, que atravessou o mundo para libertá-la do caixão de metal. Mas, ao que parece, talvez isso não tenha acontecido.

No entanto, tudo não passa de divagações de um jornalista metido a escritor. No fim de sua vida, Constantino escreveu a seguinte nota, a única a mencionar os crimes em décadas:

... E assim os anos foram passando, sempre com uma nova e extraordinária notícia macabra para fazer com que a anterior fosse esquecida. O horror e a morte tornaram-se parte da rotina de cada um. Ninguém mais pensa nos assassinatos de setembro de 1911. Eu tento esquecê-los dia após dia. Mas eu não consigo, eu não consigo! Algo me diz que este capítulo sombrio, das páginas repletas de demônios nas quais escrevo minha história, ainda não teve fim.

Seja o que for que o Capitão Blackburn tenha trazido para cá, a criatura ainda está por aí. Ou talvez tenha espalhado a sua peste para outros humanos. As notícias recentes dos jornais confirmam esse fato. A história se repete. Mas quem iria acreditar no velho relato de 1911? Nesta época de ceticismo, em que nossos monstros, ridicularizados, permeiam as mais estapafúrdias publicações adolescentes, não há mais espaço para considerar o inacreditável? Sinto falta dos dias em que as pessoas sentiam medo dos monstros. Sem dúvida, ao olhar estas antigas páginas, eu sinto.

A Última Viagem do Lemora

I

Histórias sobre criaturas monstruosas que habitam as profundezas abissais dos sete mares são conhecidas por qualquer marujo. Muitas delas não passam da mais vil mentira, ou são fruto da imaginação de mentes temerosas frente a situações de desespero. Eu, capitão Richard Blackburn, já ouvi várias delas ao longo de minha vida como homem do mar. Posso afirmar com segurança que não sou um covarde, tampouco mentiroso ou um insano dado a delírios fantasiosos. Por isso, ao ouvir minha narrativa das circunstâncias que me levaram a abandonar a navegação, tenha certeza absoluta de que falo a mais completa, e terrível, verdade.

Corria o ano de 1914 e a Europa estava engajada na Grande Guerra. O senhor Fern, meu imediato, me convencera a alistar o *Lemora* como navio de suprimentos para o exército. De início, eu estava relutante, pois a frota de cruzadores alemães se espalhava pelos quatro cantos do globo. Contudo, o pagamento seria mais do que o justo, e o maldito dinheiro outra vez falou mais alto do que minha prudência. Fern podia ter seus ideais patrióticos, mas eu entrei na guerra por motivos decididamente mercenários.

A rota de suprimentos entre a América e a Inglaterra estava sob constante risco de ataque. Antes de nossa primeira expedição, a Marinha Real nos equipou com algum armamento: duas metralhadoras *Vickers*, um canhão de 40 mm e alguns rifles *Lee-Enfield*. Bem sabíamos que navios mercantes haviam sido afundados pelo inimigo. Minha tripulação temia, em especial, os *U-boats*, nome pelo qual os alemães chamavam seus submarinos. Eles não eram páreo para os grandes cruzadores britânicos em confronto direto, no entanto, o *Lemora* era um navio leve como os demais mercantes e já estava em uso há mais de vinte e cinco anos. Minha vida teve muitos pesares, mas o maior desgosto que carrego comigo foi de não ter morrido junto com meu barco.

Nasci em 1862. Sou um homem do mar desde os quinze anos de idade. Não há como negar que eu tenha sido um jovem terrível e aventureiro. Atravessei a Terra de ponta a ponta em navios baleeiros e mercantes. Sobrevivi a dois naufrágios. Enfrentei tempestades poderosas e bandidos. Vi coisas que olhos humanos não deveriam ver. O mar é um gigante misterioso, o berço do planeta. Como não se apaixonar por ele? Em minhas aventuras por portos misteriosos, adquiri todo o tipo de vício: jogo, ópio, bebida, mulheres... O dinheiro, este sim o maior de todos os vícios, me levou aos lugares mais sombrios de minha alma. Com o ópio, tive sonhos gentis e belos. O dinheiro só me trouxe pesadelos.

Foi durante uma breve estadia em uma cidade portuária do estado de Massachusetts, Estados Unidos, que encontrei meu destino. Era uma noite de tempestade e todos os marujos do *Galliot*, o baleeiro para o qual eu trabalhava, estavam farreando na taverna *The Burning Man*. Como disse antes, o jogo corria em minhas veias, e, naquela noite, a sorte estava do meu lado. Encontrei em um certo senhor Marsh um adversário à altura para o *poker*. Pelas suas vestimentas e modos refinados, eu podia perceber que ele era um homem de posses. Esta riqueza, imaginei, deveria ser o que o fazia apostar de forma tão irresponsável. Depois de lhe tirar uma grande soma em dinheiro, decidi que a noite estava encerrada e de modo polido – o que não era meu costume –, pedi licença para me retirar. Marsh não aceitou, exigindo nova rodada.

– O que o senhor ainda tem para apostar? – perguntei.

A resposta veio com um nome enigmático:

– *Lemora*.

Para infelicidade do senhor Marsh, o seu *Full House* não bateu o meu *Straight Flush*, na única vez que consegui essa combinação de cartas em minha vida. Assim, tornei-me o orgulhoso dono de um navio cargueiro aos vinte e oito anos de idade. Logo formei a tripulação. A soma considerável ganha no jogo possibilitou a contratação de marinheiros excelentes. Entre eles estava o jovem Fern, um camarada britânico de dezenove anos, o qual veio a ser meu imediato, homem da mais alta confiança que sempre esteve ao meu lado nos momentos mais difíceis.

Nos anos seguintes, cortei os oceanos realizando trabalhos legais e ilegais, sempre em busca do melhor pagamento. Presenciei fatos abomináveis e chego a me arrepender de algumas das minhas ações. Entretanto, nada do que vi se compara ao horror que, durante a maldita Grande Guerra, levou o *Lemora* para as profundezas do Baú de Davy Jones, junto com a vida de diversos homens. Aquela malfadada viagem ainda assombra as noites nas quais consigo dormir.

Zarpamos da Inglaterra com quatorze homens a bordo. Apesar da grande tensão que enfrentávamos, nenhum incidente foi registrado durante a longa jornada. A um dia de distância da América, encontramos outro cargueiro, o *Argos*, cujo capitão era um velho conhecido. Decidimos realizar o resto de percurso e a viagem de volta juntos. Atracamos no porto de Nantucket na manhã seguinte. O primeiro problema apareceu com a doença repentina de Jorghensen, um de meus melhores marujos. Esse velho holandês fazia parte da tripulação há anos e sempre impressionou a todos com sua imensa vitalidade, a despeito da idade avançada. Levamos o coitado ao médico da cidade. Sem sucesso. O coração de Jorghensen não resistiu, parando de bater por volta das duas da madrugada.

Realizamos o sepultamento do velho holandês pela manhã. A perda desanimou profundamente a tripulação, pois Jorghensen era muito bem quisto por todos. Depois de nos despedirmos de nosso amigo, tudo estava pronto para a viagem de volta. Então, novo problema surgiu. Fern veio até mim com uma exigência da tripulação: eles queriam que eu contratasse um novo marinheiro, pois não iriam para o mar com treze homens a bordo. Não gosto destas superstições tolas e ignorantes e não estava inclinado a acatar a reivindicação. Por fim, Fern persuadiu-me de que era melhor contratar outro marujo agora (e gastar dinheiro!) do que ter os homens com ainda mais uma preocupação na cabeça quando estivessem em alto-mar.

Coloquei banqueta e mesa ao lado da prancha de entrada do *Lemora* e improvisei algumas entrevistas. Não apareceram muitos homens interessados em fazer parte da tripulação de um navio que passaria por águas tão perigosas. Já desistia do recrutamento quando chegou à minha frente o corajoso jovem chamado Kanesatake. Ele era um mestiço, meio índio, meio irlandês, e que já tinha participado de uma viagem em um baleeiro. O rapaz ignorou os riscos e aceitou o trabalho, mesmo com minha baixa oferta de salário. Enfim zarpamos, deixando Nantucket para trás. O *Argos* navegava ao nosso lado e o tempo estava bom. Kanesatake logo se familiarizou com a tripulação, que o apelidou de Kane. Para nossa surpresa, Kane demonstrou intimidade com o armamento, aprendendo em pouco tempo a manejar a metralhadora.

Os primeiros dias de viagem foram tranquilos. Apesar disso, eu sentia algo de estranho no ar. Talvez fosse a calmaria, ou o fato de que os marinheiros andavam silenciosos. Comecei a ser acometido por certo grau de ansiedade, como nunca sentira antes. Essa sensação acabou por afetar meu sono, provocando uma singular ocorrência, que não consigo definir se fora pesadelo ou realidade. Eu tentava conciliar a sonolência com o cansaço em minha cabine tarde da noite. As trevas eram amenizadas pela luz do luar que entrava através da escotilha. Meus pensamentos estavam conturbados e desconexos. De alguma forma, eu não conseguia raciocinar direito. Por volta das três horas da manhã, um pequeno movimento chamou minha atenção para o deque. Sentei-me na cama e fiquei observando. Parecia que pequenos tentáculos, como os de um polvo, moviam-se pela fresta entre a porta e o piso de madeira. A peculiar visão despertou minha curiosidade, fazendo com que me dirigisse até a porta. Ao abri-la, deparei-me com uma assombrosa aparição: o velho Jorghensen jazia de pé à minha frente! Dei passos lentos para trás enquanto o fitava. Sua pele se tornara pálida, repulsiva, os olhos haviam sido arrancados e o corpo estava coberto por algas, como se o pobre marinheiro tivesse sido sepultado no fundo do mar. Recuei até cair sentado sobre a cama e lá fiquei, olhando para Jorghensen. A boca do morto se moveu e formulou um som estranho. Não pude discernir o que ele dizia, se é que tentou dizer alguma coisa. A criatura abaixou a cabeça, deu a volta e se perdeu nas sombras do corredor. Saí atrás dele, mas nada encontrei.

II

Não comentei o estranho episódio da aparição de Jorghensen com ninguém, embora esse fato tenha, sem dúvida, me perturbado. Os marujos já tinham suas próprias preocupações. Afinal, tudo aquilo podia não ter passado de um sonho. Na época, eu jamais teria a capacidade de imaginar que meu grotesco encontro na madrugada pudesse ter algum tipo de significado. Hoje, percebo que aquele acontecimento, real ou pesadelo, fora uma premonição. Não gosto dessas definições místicas, entretanto, não tenho outra explicação. Sei que nem tudo o que acontece neste mundo pode ser explicado de modo racional. Aprendi isso da pior forma, enfrentando uma situação que nenhuma mente sã poderia conceber.

Ao amanhecer, os fantasmas e os pensamentos sombrios da noite não pareciam tão assustadores. Tudo corria bem, e a tripulação se comportava com um pouco mais de alegria do que nos dias anteriores. O tempo contribuía para esta agradável atmosfera: a serenidade do mar chegava a nos fazer esquecer que estávamos atravessando uma zona de guerra. Durante a primeira refeição do dia, Fern, meu fiel imediato, começou a ler em voz alta para os companheiros seu exemplar de *The Narrative of Arthur Gordon Pym of Nantucket*, escrito pelo americano Edgar Allan Poe. Ele adorava contar para a tripulação histórias lendárias que ouvira de outros marinheiros ao longo da vida. Baleias assassinas, sereias, serpentes marinhas e outros personagens mitológicos povoavam essas narrativas. Apesar de ter começado a trabalhar muito cedo, Fern tinha recebido uma boa educação de um padre amigo de seus pais. Ele tinha o hábito da leitura e gostava de transmitir o que aprendia nos livros. Eu pessoalmente apreciava muito quanto ele relatava a história de *Moby Dick* e do obcecado capitão que a perseguia. A leitura de Fern ajudou a diminuir ainda mais a tensão da viagem.

Se na madrugada eu me sentira como o *Ancient Mariner*, de Coleridge, face a face com "O Pesadelo da Vida na Morte", o dia me trouxera pensamentos mais otimistas. O *Argos* seguia à nossa frente, brilhando sob o sol do meio-dia. Aquele belo navio era mais veloz e mais novo do que o cansado *Lemora*. Ainda assim, eu achava a minha embarcação muito mais bela, pois ela envelhecera junto comigo. Suas marcas do tempo eram as minhas marcas. Como se eu e o barco fôssemos um só. Quando olhei para a vastidão do oceano naquele início de tarde, lembro que pensei: *tenho sorte de ser um homem do mar!*

O fim do dia aproximava-se com rapidez e os raios do sol esmaeciam diante do véu negro que envolve o céu noturno. Em meio à luz rarefeita, Kanesatake cantava canções de tempos remotos na proa do navio. Seu semblante aparentava certa inquietação e, após o término da cantoria, perguntei a ele o que se passava.

– Coisas de meus antepassados, capitão. – Foi a resposta que recebi.

A melodia entoada por Kane tinha um tom soturno, algo como uma marcha fúnebre, que a luminosidade avermelhada do crepúsculo tornava ainda mais sinistra. Fern prestara grande atenção à exibição na proa e, colocando-se ao meu lado, afirmou:

– Não gostei disso, capitão. Esses índios possuem uma sensibilidade muito grande. Eles conseguem ver coisas que nós não vemos.

Fiquei em silêncio por alguns segundos, lembrando do insólito episódio na madrugada. Enfim, respondi:

– Não deve ser nada, Fern. Não se preocupe.

Sob o brilho da lua e das estrelas, eu fumava um cachimbo no passadiço enquanto olhava para o convés. O *Argos*, à nossa frente, mantinha uma pequena distância agora, deslizando em silêncio sobre as ondas. A tranquilidade da noite só era quebrada pelos fortes ventos que anunciavam uma mudança no tempo. Não havia movimento no navio. Quase todos os marujos estavam recolhidos e alguns deles conversavam no refeitório. Prestes a passar o comando para ir descansar, ouvi o grito da sentinela:

– Capitão, olhe a estibordo!

Voltei os olhos para o lugar apontado pelo marinheiro e vi um raio luminoso rasgando o fundo do mar, em direção ao *Argos*.

– Alerta! Todos aos seus postos! – Gritei enquanto fazia soar a sirene.

O torpedo atingiu em cheio o *Argos*, fazendo subir uma imensa bola de fogo que iluminou a noite. Tive a impressão de poder ouvir os gritos de desespero dos meus colegas naquele navio.

Fern tentava mandar uma mensagem pelo sem fio ao mesmo tempo em que os marinheiros tomavam suas respectivas armas. Outro torpedo atravessou o fundo do mar, estraçalhando o *Argos* por completo. Um forte movimento na água denunciou a posição do agressor: ele virava para nossa direção. De imediato, comecei a virar o *Lemora* para bombordo. O maldito *U-boat* lançou mais um torpedo. A manobra brusca que iniciei segundos antes conseguiu evitar o impacto direto. O torpedo roçou o casco do navio, produzindo um barulho aterrorizante. Tiros no convés chamaram minha atenção. Os marujos tentavam acertar o imenso vulto dentro da água.

– Fern, vá até eles e diga que isso é inútil! – O imediato correu com intenção de comandar a artilharia.

Meu coração disparou ao pensar na possibilidade do *U-boat* lançar outro torpedo. Desta vez, poderíamos não ter chance de desviar. Sem aviso, o barco submarino ergueu-se sobre as águas bem ao nosso lado. Kanesatake foi o primeiro a atirar contra o gigante de metal que emergia. Provavelmente, o suprimento de torpedos dos alemães acabara, ou eles estavam impedidos de lançá-los por algum problema mecânico. Isso os levou ao combate direto. As balas zuniam pela noite em ritmo frenético. O *U-boat* abriu suas escotilhas e iniciou a resposta ao nosso ataque. A primeira rajada de balas estilhaçou os vidros da ponte de comando. Fern e dois marujos apontaram nosso canhão de 40 mm para a nau alemã. O primeiro disparo acertou a água. No convés, os homens atiravam com seus rifles e metralhadoras. A troca de tiros era intensa e percebi que dois dos nossos estavam feridos. Mandei o marinheiro ao meu lado assumir o leme e fui para o convés.

Um morteiro inimigo atingiu em cheio a amurada de estibordo, lançando para o alto os três rapazes que manejavam a metralhadora no tripé. Cheguei até os primeiros feridos e os arrastei para um local mais seguro. O jovem Kanesatake largou seu rifle e passou a operar sozinho a pesada metralhadora. Os olhos do jovem eram lagos negros de ódio e dor. Sua roupa estava coberta de sangue, ele havia sido atingido. Nossas armas faziam grande estrago no casco do inimigo. Fern mirava outra vez o canhão. O balanço do mar e a confusão generalizada dificultavam um tiro preciso. Era necessário calcular o tempo das ondulações do barco para definir o momento certo de atirar.

Após vários minutos de tensão, Fern executou o segundo disparo. O projétil atingiu a torre do submarino, provocando uma explosão. Pedaços de metal e dos corpos dos alemães voaram pela noite. Um grito de júbilo retumbou em nosso convés. Os tiros pararam. Tudo foi silêncio por alguns segundos. A nau inimiga, derrotada, ia a pique. Em meio à alegria da vitória, Kane tombou no deque. Os outros feridos já estavam sendo atendidos e os homens disponíveis correram para ajudá-lo. Mesmo com os alemães fora de combate, os nossos problemas não haviam acabado.

Um grito de *fogo na casa de máquinas* ecoou pelo navio. Atônitos, os marujos correram para o deque inferior, no intuito de apagar o incêndio. É provável que um projétil tenha atingido alguma lâmpada, dando início às chamas. Fui de encontro aos rapazes para ajudá-los em mais esta perigosa tarefa. Tínhamos que salvar o motor a qualquer custo, caso contrário, poderíamos ficar à deriva. Uma espessa fumaça negra nos recepcionou na entrada da sala de máquinas. Por sorte o fogo ainda podia ser controlado, e foi o que fizemos usando cobertores, jatos de água e muita coragem. Após mais uma ameaça sobrepujada, pudemos respirar em paz. Era difícil dizer se o motor sofrera danos irreparáveis. A meu ver, havia assuntos mais urgentes: os mortos e os feridos daquela noite sangrenta.

III

A luz da manhã veio cinzenta e melancólica. Era hora de avaliar os estragos e contar as baixas da batalha. Os danos provocados pelo *U-boat* ao *Lemora* foram bastante sérios. Pouca coisa se comparados à tragédia humana que se abateu sobre meu barco. Foram quatro marujos feridos e dois mortos no combate. Entre eles, o jovem Kanesatake, que combatera o submarino como um herói, manejando sozinho uma metralhadora que exige a atuação de pelo menos três homens. Jamais irei esquecer da bravura daquele rapaz. Improvisamos duas mortalhas e, após algumas palavras de Fern, jogamos seus corpos ao mar. Depois da amarga despedida, voltamos nossas atenções às avarias materiais. O torpedo causara danos preocupantes ao casco do navio. Problemas apareceram no motor, afetado pelo fogo, e na torre de comando, onde tiros avariaram nosso sistema de comunicação e algumas ferramentas de navegação. Então o *Lemora*, à deriva, começou a fazer água.

Não havia como negar que nossa situação era crítica. Trabalhamos duro para conseguir drenar a água acumulada nos porões. Esta, contudo, não era uma solução definitiva para nossos problemas. Precisávamos reparar o casco. A batalha nos desviara de nossa rota e, no momento, não tínhamos força para voltar a ela. Flutuávamos com a corrente. Alguns destroços do *Argos* podiam ser vistos de tempos em tempos. Era fácil perceber o medo dos marujos devido ao nosso estado. Minha alma também estava amedrontada, mas, como bom capitão, eu não deixava transparecer essa fraqueza. Um capitão deve ter todas as respostas, mesmo quando não as tem. Distribuí tarefas para toda a tripulação, pois, como diz o antigo ditado, a cabeça ociosa é a oficina do demônio. Enquanto os marinheiros ocupavam-se com os reparos, eu discutia com Fern o nosso plano de ação.

Conseguimos calcular a posição do *Lemora* nos mapas náuticos. Como estávamos muito ao sul da rota, era provável que não fôssemos avistados por outro navio naquela região. Desprovidos do telégrafo sem fio, perdido na batalha, era impossível enviar um SOS. Tínhamos que trazer o navio de volta ao funcionamento, apenas não sabíamos como. Várias peças do motor haviam sido danificadas além de qualquer conserto. Elas precisavam ser substituídas. Foi possível tapar os furos no casco com pequenas chapas de metal, que foram rebitadas a ele. A água que continuava a entrar podia ser drenada sem esforço.

Corríamos o risco de sermos carregados para a corrente das Canárias, em direção à África. Se ficássemos ancorados, a probabilidade de salvação seria mínima. Portanto, nossa única opção era deixar-se levar. O dia passou lento e silencioso. Todos permaneciam calados com aquela atmosfera de funeral. Sobrevivemos ao confronto com o inimigo apenas para ficar frente a frente com a incerteza, toda a nossa provação fora uma verdadeira "Vitória de Pirro". A noite chegava outra vez acima de nossas cabeças preocupadas. Foi então que Fern percebeu uma estranha formação no horizonte, iluminada pelos últimos raios do sol.

Através dos binóculos, vimos que a formação era de uma ilha rochosa, sem nenhuma vegetação, com altas montanhas pontiagudas ou retangulares por toda a extensão. Para nossa surpresa, havia uma pequena praia lamacenta e, o mais impressionante de tudo, um cemitério de navios sobre ela.

Em poucos minutos, estávamos todos na proa observando a bizarra aparição. Consultamos os mapas da região, sem encontrar nenhuma referência àquela ilha. Talvez ela fosse um grande rochedo parcialmente submerso, que causara o encalhe de todos aqueles navios, e que agora estava na superfície devido a algum terremoto submarino. A corrente nos puxava com grande velocidade ao encontro da rocha. Decidimos ancorar e ir até lá em um dos barcos auxiliares. Os navios encalhados podiam nos fornecer peças para reparar o motor do *Lemora*. Selecionei quatro homens para me acompanhar na empreitada. Fern, curioso com a singularidade da ilha, decidiu ir junto.

Descemos o escaler e iniciamos o curto percurso até a ilha. Os homens remavam com vigor para chegarmos o mais rápido possível, já que o mar estava agitado e o tempo piorava a cada minuto. A possibilidade de encontrar as peças de que precisávamos nos movia, enchendo nossos corações de esperança. Com o barco próximo da praia, consegui observar melhor o sombrio cemitério de navios. Eram pelo menos oito embarcações, a maioria delas muito antiga. Apenas um daqueles navios cadáveres possuía idade semelhante à do *Lemora*. As montanhas, que pude ver pelo binóculo pouco antes, apresentavam um aspecto deveras estranho quando olhadas mais de perto. Na verdade, aquelas formações sequer pareciam montanhas, devido à perfeição das formas.

Minutos mais tarde, o barco aterrou na praia negra. Um odor nauseante de peixes em putrefação dominava o local. Olhamos assombrados para os gigantescos monólitos que adornavam a ilha. Todos eram esculpidos à perfeição em distintos formatos: retângulos, triângulos, losangos... Possuíam também entalhes em baixo relevo com escrituras e imagens monstruosas. Em minha imaginação, aquele cenário lembrava uma necrópole maldita saída dos mais doentios pesadelos. Fern sofrera o maior impacto de todos nós. Ele estivera tanto nos templos do México quanto nas pirâmides egípcias e jamais vira antes algo semelhante ao que encontramos sobre aquela rocha perdida no mar. Entre o pasmado e o maravilhado, meu imediato não conseguia tirar os olhos das esculturas.

Nossas botas afundavam no fétido lamaçal enquanto tentávamos chegar até o navio mais novo. Cada passo demandava grande força de nossa parte. Por felicidade, chegamos até a nau abandonada e constatamos que ela era um cargueiro similar ao nosso. Sem delongas, subimos a bordo com cuidado. A deterioração era visível, porém não muito avançada. Descemos até a sala de máquinas. Restos das ossadas de pobres marujos que jamais retornaram para suas casas espalhavam-se pelo deque. Passada a melancólica vista, encontramos o motor a vapor de tripla expansão. As peças de que necessitávamos aparentavam bom estado sob o limo e começamos a retirá-las o mais breve possível.

Intrigado, Fern quis fazer uma exploração na ilha. Enquanto os rapazes trabalhavam no motor, nós saímos em direção aos colossais blocos de pedra. O caminho percorrido foi tortuoso, com momentos de pura escalada. Fantásticos hieróglifos adornavam as rochas com desenhos dos mais variados. Durante a caminhada, Fern discorria excitado sobre o continente perdido, a lendária Atlântida. Em determinado momento, falei que, para meus olhos, a ilha não parecia uma cidade, e sim um imenso cemitério. Segundos após o término da minha frase, chegamos a uma espécie de praça cercada por colunas volumosas, dispostas ao redor de um grande monólito retangular e oco. Como um ataúde gigante esperando pelo morto.

Aproximamo-nos do colosso de pedra e olhamos para baixo. Uma escuridão abissal jazia sob nossos pés. Joguei uma pedra para tentar dimensionar a profundidade do abismo. Esperamos em vão pelo som de uma batida contra o solo.

– Que civilização teria construído este poço de horrores? – perguntei.

– Sinceramente, não sei o que dizer, capitão – respondeu o pasmado imediato, que em seguida continuou: – Já li e ouvi muito sobre os povos antigos, mas nunca soube de algo como isso.

Chamei a atenção do imediato para as estátuas localizadas entre as colunas da praça. As rochas esculpidas representavam criaturas hediondas, meio homem, meio peixe, que pareciam guardar o monólito.

– O Velho Testamento fala sobre um deus marinho adorado pelos filisteus. – Lembrou Fern. – Sansão seria sacrificado em homenagem a ele quando derrubou as colunas do templo.

Conjecturas a parte, decidimos que era hora de voltar. Os marujos já deveriam ter acabado sua missão e começava a chover. Não chegava a ser uma tempestade, mas a água iria piorar o já barrento e escorregadio solo da ilha. Quando deixava a beirada do abismo sem fundo, me deparei com uma visão estarrecedora. Dentro de uma cavidade esculpida no monólito, jazia um pequeno ídolo. Não tenho palavras para descrever o que se passou em minha cabeça quando observei as características da imagem: uma grotesca imitação de polvo, com muito mais do que oito tentáculos, apoiada sobre um crânio humanoide. A peça exerceu uma estranha atração sobre mim. Ergui as mãos para alcançá-la ao som de trovões e iluminado por relâmpagos que cortavam o céu. Só então percebi que muitos dos desenhos nos blocos rochosos eram de seres como aquele representado no ídolo.

Eu carregava o artefato comigo quando ouvi Fern dizer:

– Capitão, por favor, deixe isso aí!

O rosto do imediato transpirava medo. Vi nos seus olhos a expressão do velho Jorghensen naquela madrugada assombrosa. Não entendo como não relacionei a figura do ídolo com a aparição dos tentáculos sob minha porta antes do encontro com o marinheiro morto. Eu estava hipnotizado. Não conseguia pensar. Lembro que falei apenas:

– É fantástico, Fern! Deve valer muito dinheiro.

Esta, na verdade, foi a única desculpa que encontrei para levar o ídolo comigo. Não posso explicar a compulsão que tive de possuir o artefato demoníaco.

IV

Quando voltamos à praia, os marinheiros estavam nos

esperando com as peças do motor. Os três rapazes olharam com desconfiança para a estatueta que eu carregava. Dei ordem para partir, e em instantes remávamos de volta ao *Lemora*. O mar se agitava com o vento intenso, fazendo o nosso escaler subir com violência sobre as ondas. Ao longo de todo o trajeto, eu não conseguia tirar os olhos do maligno troféu em minhas mãos. Fern permaneceu em silêncio enquanto remava, olhando de vez em quando para o ídolo de pedra. Eu pensava no que ele dissera sobre o deus-peixe citado na Bíblia e se poderia haver alguma verdade naquilo.

Subimos a bordo e logo ordenei que começassem o trabalho de reparo do motor. Não acompanhei os marujos nessa tarefa, o que deixou Fern desconfiado. Era visível a estranheza de minhas ações. Segui direto para a cabine, onde deixei o ídolo em cima da escrivaninha. Sentei-me sobre a cama e fiquei observando-o na luz escassa da madrugada. Creio que tenha cedido à exaustão, pois em minutos me encontrei no curioso mundo dos sonhos.

Sonhei com as estrelas e com o oceano, como se as profundezas e o céu da noite fossem o mesmo ser. Eu viajava por distâncias nunca percorridas e via cidades e templos proibidos. As histórias de Fern misturavam-se com minhas próprias experiências. Vi a baleia, o velho marinheiro, Sansão e os filisteus, a batalha com o submarino e o jogo de cartas com o velho Marsh. De repente, eu estava de volta àquela mesa de *poker* na taverna *The Burning Man*. Eu fiz a mesma pergunta:

– O que o senhor ainda tem para apostar?

A resposta desta vez foi diferente:

– A sua vida.

As palavras proferidas por Marsh no sonho me despertaram. Em seguida, pensei naquela declaração: o *Lemora* fora mesmo minha vida nestes últimos vinte e quatro anos. Lembranças fluíam como uma fonte em minha cabeça. Lembrei de quando Marsh me entregara o navio no dia seguinte ao jogo. Perguntei a ele o que aquele nome significava.

– É o nome de uma dama que conheci em uma cidadezinha do sul chamada Astaroth, logo depois do fim da Guerra Civil – respondeu o homem.

Tive vontade de viajar até Astaroth para saber mais sobre a mulher que inspirou Marsh ao batizar o navio. Esses pensamentos foram cortados por três batidas na porta da cabine.

– Capitão, estamos prontos para partir. – Era a voz de Fern do outro lado da porta.

De imediato, deixei os devaneios de lado e fui de encontro à tripulação. O motor funcionava bem, pois os marinheiros haviam realizado ótimo trabalho. Na ponte de comando, tracei a nova rota com a ajuda de Fern. Ainda faltava algum tempo para o nascer do dia e o tempo não dava sinais de melhora. A chuva continuava a cair na escuridão do oceano. Pensei em voz alta: *Não vejo a hora de acabar esta maldita viagem.* – Ao que o severo imediato respondeu:

– Já passamos por melhores momentos, não é?

O barulho do maquinário trouxe novo alento. Agora o *Lemora* estava pronto para partir daquela região amaldiçoada. Levantamos a âncora e recomeçamos nossa viagem de volta. Os marujos comemoraram, era mais uma vitória. Olhei para a ilha sombria que ficava para trás e pensei que encontrá-la fora uma dádiva dos deuses. Até mesmo o hediondo ídolo de pedra parecia um sinal de boa sorte. Eu não poderia estar mais equivocado. Como que pela ira de Netuno, nossa sorte estava para mudar outra vez.

Pouco mais de dez minutos haviam passado desde que demos início à nossa jornada quando o horror supremo nos atingiu. O violento choque fez o navio girar noventa graus e encarar as formas bizarras da ilha outra vez. Todos estavam atônitos e correram para o convés. Tomamos as armas, pois poderia ser um novo ataque dos alemães. Mandei um homem descer para checar o casco. Fiz sinal para as sentinelas.

– Não vemos nada, capitão – respondeu nervoso um dos marinheiros. De súbito, a chuva parou, sendo substituída por fortes ventos. O céu ainda negro da madrugada ficou avermelhado. O silêncio no convés era absoluto.

A apreensiva calmaria daquele instante foi quebrada por um grito:

– Meu deus, olhem isso! Está a bombordo!

A água do mar borbulhava como se o próprio inferno estivesse se abrindo abaixo dela.

– Atirem, homens! – Gritei. As metralhadoras cuspiram fogo em direção ao fenômeno sem causar nenhuma reação. Outro choque quase virou o barco de lado. Fomos todos atirados ao chão. Quando ele retornou à sua posição correta, empurrei a alavanca de controle para força total. Para meu terror, o navio não se moveu. Estávamos presos.

– Que diabos está acontecendo? – Fern gritou.

Então, a coisa surgiu das águas revoltas em meio ao turbilhão borbulhante. O convés foi tomado por gritos de pavor. Meus olhos não podiam acreditar na horrenda aparição. Mil demônios do inferno não encontrariam palavras para descrever a asquerosa besta. Em poucos segundos, seus tentáculos colossais envolviam o *Lemora*. Peguei minha arma e parti para o convés. Alguns homens tentaram voltar para dentro do barco e eu ordenei que mantivessem suas posições. Devíamos combater o monstro. Atirei nos braços verdes da criatura sem causar danos aparentes. As metralhadoras entraram em ação novamente.

O motor, em sua força total, começava a despejar fumaça negra pela chaminé, enquanto as garras da besta arrasavam o navio. Vi um rapaz ser esmagado à minha frente. A criatura, desferindo golpe certeiro, jogou a metralhadora e seus operadores para o ar. Um movimento chamou minha atenção para Fern, que preparava o canhão.

– Mate essa coisa, Fern! Mata ele! – foi meu brado para o imediato. Fern disparou o projétil mortal, que rasgou o que seria o peito do monstro, provocando um esguicho verde. O abominável ser emitiu um som gutural aterrorizante e voltou seus tentáculos para o imediato. Fern não pôde fugir.

A criatura ergueu-o no ar e rasgou o pobre marujo em pedaços.

Não havia mais o que fazer. A criatura bestial despedaçava a embarcação e aniquilava os tripulantes. Minha visão começou a ficar turva devido à fumaça sufocante do motor. Os sentidos desapareciam lentamente, ao mesmo tempo que um jovem agonizava banhado em seu próprio sangue diante de mim. Pensei no ídolo de pedra. Por misericórdia de Deus, as caldeiras do *Lemora* explodiram...

Flutuando agarrado ao que restara do convés, contemplei os destroços do *Lemora*. À minha volta, pedaços de uma vida rodopiavam em meio aos cadáveres de meus companheiros. Subi naquele bote improvisado, que por sorte era grande o suficiente para me sustentar. Eu não teria chances de sobrevivência na água gelada. Tentei remar com os braços para fora dos destroços. Acabei esbarrando no pobre Fern, cujo torso se encontrava preso a um pedaço de madeira. Seus olhos arregalados me condenavam. Confesso que muitas vezes pensei em me juntar a ele. A despeito do incomensurável pesar que sentia, algo me impediu.

Viajei através de uma corrente durante um dia e uma noite. Minha mente se tornara um redemoinho formado por imagens infernais de lembranças dolorosas. Tomado pelo desespero e pela vergonha, caí em pranto diversas vezes. O cansaço, enfim, foi mais forte e aos poucos fui perdendo os sentidos. Pensei estar morrendo devido ao frio. Num momento perdido entre a razão e a inconsciência, percebi a aproximação de um navio militar. Por sorte (ou seria infortúnio?), era um navio britânico, e pouco depois eu estava a bordo, sendo atendido pelos médicos.

Contei a eles apenas parte da história, temendo que duvidassem de minha sanidade. Relatei que o *Lemora* fora abatido na batalha com o *U-boat* que também vitimara o *Argos*.

Com o corpo recuperado da experiência penosa, pedi para olhar os mapas náuticos daquele navio. Procurei em vão pela misteriosa ilha na qual encontrei o maldito ídolo com corpo de polvo. Mencionei ao capitão ter visto terra firme naquela área. Ele disse que eu deveria estar enganado, pois nunca houvera nada lá. O navio que me recolhera do mar havia saído de Devonport no dia 11 de novembro e navegava na direção do Atlântico Sul, para se juntar à caça ao esquadrão alemão que derrotara a marinha britânica poucos dias antes. No início de dezembro, participei da Batalha das Ilhas Falklands, onde impusemos uma vergonhosa derrota ao inimigo. Só retornei à Inglaterra no ano seguinte.

Sem trabalho e com parcos recursos, vivi com a ajuda de amigos. Tornei-me figura frequente nas tavernas de má reputação. Ouvindo os contos selvagens de outros marinheiros ébrios como eu, tomei conhecimento da lenda do *Kraken*, um terrível monstro marinho cheio de tentáculos gigantescos. Teria sido essa a besta que levou o *Lemora* ao seu trágico destino? Teria o monstro alguma relação com o hediondo ídolo da enigmática ilha que não constava em nenhum mapa? Talvez essas perguntas nunca tenham resposta. Sei apenas que jamais olhei o mar da mesma forma, sabendo das monstruosidades que ele esconde. O pior de tudo é que, mesmo depois de vários anos, uma lembrança me atormenta quase todas as noites: a imagem maligna dos tentáculos debaixo de minha porta.

Capitão Richard Blackburn
Liverpool, 31 de outubro de 1919.

Publicações originais

Segredos

Publicado originalmente em *O Mal Bate à sua Porta*, independente, organização de Christian David, 2011.

O Barqueiro

Publicado originalmente no *fanzine Cornucopia Vacua*, independente, organização de Luciana Minuzzi, 2015.

A Música do Quarto ao Lado

Publicado originalmente em *Bazar Pulp – Histórias de Fantasia, Aventura e Horror*, Argonautas Editora, 2012. Republicado em *A Música do Quarto ao Lado, Graphic Novel* com arte de Eduardo Monteiro e roteiro do autor. Editora Estronho, 2015.

Aos que Habitam a Escuridão

Publicado originalmente em *Tu, Frankenstein II*, Editora Besouro Box, 2014.

Pandora

Publicado originalmente em *Histórias Fantásticas Volume 2*, Editora Cidadela, 2011.

Na Solidão de Phobos

Publicado originalmente em *Estranhas Invenções*, Editora Ornitorrinco, 2012.

O Deus Esquecido na Areia

Publicado originalmente no blog do autor, *Sono da Razão*, 2009.

O Filme

Publicado originalmente em *Bazar Pulp – Histórias de Fantasia, Aventura e Horror*, Argonautas Editora, 2012.

Eu Ainda Estou aqui

Publicado originalmente em *Dias contados – Contos Sobre o Fim do Mundo*, Editora Andross, 2009.

Pela Toca do Coelho

Inédito. Escrito durante o evento *Tu, Frankenstein IV*, da Feira do Livro de Porto Alegre, 2015.

O Relato do Capitão Blackburn

Publicado originalmente em *Draculea – O Livro Secreto dos Vampiros*, Editora All Print, 2009. Segunda publicação em *Bazar Pulp – Histórias de Fantasia, Aventura e Horror*, Argonautas Editora, 2012. A versão estendida aqui publicada é inédita.

A Última Viagem do Lemora

Publicado originalmente em *Bazar Pulp – Histórias de Fantasia, Aventura e Horror*, Argonautas Editora, 2012.

Bio

CESAR ALCÁZAR é o autor dos livros "Bazar Pulp – Histórias de Fantasia, Aventura e Horror" e "A Culpa é da Noite". Foi um dos idealizadores da Odisseia de Literatura Fantástica e do Porto Alegre Noir. Também atua como roteirista de quadrinhos, editor e tradutor.